闲闲拾光

Free time

——闲·闲·拾·光——

请慢一点忘记我

文化发展出版社
Cultural Development Press

人这一生就像一列单向列车，一路向前走，不会也不能回头，在这过程中，珍惜那些带给你温暖的人，原谅那些带给你伤害的事，忘却那些不堪回忆的场景，感恩这个世间美好的一切。

—— 目录 —— CONTENTS

| Part1 |

世间的一切重逢，其实都是早有预谋

只想唱歌给你听

如果我找不着你，我就大声歌唱，即使背对对方，即使远在他乡，你只要听到我为你而唱的动人歌曲，你就回头叫我，我们就能重逢。

1

傻博原名叫常博，一张小嫩脸粉扑扑的，长相虽然看起来不太英俊聪明，却也绝对长得不算傻。

傻博这个外号是在初二的时候被传开的，因为他做了一件轰动学校的傻事。

故事要从他初一刚进学校的时候说起。

那是澳门回归的1999年，TFBOYS还没出生，时间过得飞快，不管左手右手怎么甩，都像是影像快进。

常博那个时候一米三九，新生点名时，老师喊了他名字三遍，他应了三遍，老师却愣是没找到被挤在人群中的那个小不点。

老师按照身高安排好位置后，按照惯例开始进行每个人的自我介绍，美其名曰增加同学们的熟悉程度，其实就是想偷个懒，不用一个个了解学生的过去，之前做过体育委员的傻大个继续做去，小学作文拿过奖的去做语文课代表，以此类推。

风云际会，各路神仙在老师鼓励的眼光下一个个开始大显神通。

一个个班干部在老师的微笑里赏赐下去，得以加官晋爵的同学自然喜笑颜开，一众庶民则有些愁眉苦脸。在这众生相中，只有常博一个人摇晃着脑袋左顾右盼，心中尽想着该巴结哪个班干部可以让这初中三年好过一点。

“常博，常博，常博……”

九霄外的白日梦被三声逐渐加大音量的声音叫醒，一抬头看到班主任瞪着大眼睛看着自己。那个时候可没有什么重要的事情说三遍的说法，已经叫了自己三遍的老师明显已经有些生气了。

“老师，请见谅，鄙人正是常博，你可以称呼我小博。”常博在全班的嬉笑声中仓皇地应声道。

“老师说话要专心听，不要开小差。来，说说你在小学都有哪些经历。”老师听到他文绉绉的回答，也有些觉得好笑，面色缓和了不少。

“好的，老师，我出生在一个书香门第，小学六年当了六年班长、升旗手，以及少先队中队长和大队长。”常博回答道。

老师略微吃了一惊，没想到这里还有一颗遗珠，这小子虽然个子不高，履历却挺丰富，想了一会儿说道：“好的，常博同学，鉴于班长一职已经给了王晓怡同学，你就先当班上的副班长，职责是协助班长管理班上的大小事务，你们要多沟通、多协助，共同管理好我们整个班级，多加油努力。”

常博吃了一惊，顺着老师的手势看向已经被选为班长的晓怡同学，对上眼的那一瞬间，晓怡微微地一笑，常博却像被雷电贯通了全身，心中只有一个念头：“要死了，怎么人世间会有如此美貌的女子，得妻如此，夫复何求？”

有些初见，一眼瞬间。

2

一见钟情之后，常博开始了漫长的暗恋过程。

那个年纪，谁会真正地懂得爱情？即使常博自小博览丛书，但纸上谈兵和切入实际根本就是两回事，于是他那时做得最多的事情就是趴在桌上看着晓怡傻笑。

借着正副班长交流的名义，常博在傻笑之余还是会擦擦不经意间快要掉下的口水，问些白目无比的问题：

“晓怡，我觉得我们班上最近纪律有些差，是不是应该引进满清十大酷刑加以严惩？”

“晓怡，你看那教室门口的草坪最近不知道被谁踩扁了一片，你看我们是不是应该跟老师申请点班费买些老鼠夹子放在那儿？”

诸如此类的白痴问题不仅没有引起晓怡的反感，反而觉得这个同学真的很可怜，一定是发育过程中父母给喂多了补品吃坏了脑袋，一定要多多关爱他，不要让病情恶化了。

每每遇到晓怡关切的目光时，常博的小心脏总是跳得飞快，脑补着一切关于爱情的电影情节，总觉得晓怡已经跟自己一样堕入了情网。

初中生的日子是枯燥的，总是想快些长大却觉得日子过得太慢，羡慕着大人的生活却摆脱不了稚气的自己。

初中生的日子却又是精彩的，刚刚告别幼稚的童年，每天汲取着新的知识，静静地成长着，包括身体与心理。

那种快乐，是长大后的他们无比向往回到的过去，没有那么多现实，没有那么多尔虞我诈，只有单纯的情感，喜欢或者不喜欢，没有太多的套路，一切都跟着自己的心走。

3

在这漫长的成长过程中，有的人在培养自己的兴趣爱好，有喜欢唱歌的，有愿意跳舞的，有热爱体育的，而常博，只喜欢晓怡，喜欢着她喜欢的一切，关于她的一切。

晓怡喜欢看漫画，那个时候最喜欢的就是《足球小子》，课间总能看到她拿着漫画书静静地看着，时而微笑，时而皱眉，时而雀跃，时而沉默。

为了投其所好，从来不看漫画的常博恶补了所有关于大空翼的知识，甚至开始踢上了足球，拉着班上的一班青壮年组成了一支足球队，还自费买了一身AC米兰的队服，自己理所应当地穿上了10号，给自己取名罗博常·巴乔。

为了让晓怡一睹自己球场上的英姿，常博特地利用自己的人际关系联系到一场与隔壁班的足球比赛。

比赛当天，人潮熙攘，一是因为正好是放学时间，二是因为这场比赛的海报早就已经贴在了学校门口，学长学姐们都很好奇这届的初一新生怎么那么高调办起了球赛。

开球前，场上的男生都显得很紧张，一群小屁孩什么时候见过这么大的阵仗？旁边乌压压的人群压得大家喘不过气来，热身运动做得都像带着节奏的颤抖舞。

常博不紧张，因为他一眼看到了人群中的晓怡，只要她在，这世间的一切都不再重要；只有她在，这世间的一切才有存在的必要。

天将降大任于斯人也，必先苦其心志，劳其筋骨，输其球赛。

过程就不赘述了，在比赛结束时，比分定格在了8：0，常博班级败。

看着晓怡略带失望的神情，常博突然有些心疼，突然发现很多事情并不像自己所想的那样，自己写的剧本，并不是都可以一帆风顺地演完，球赛是这样，感情也许也是。

“我心疼的不是比分，是你失望的眼神。”

4

时间不会因为球赛的惨败而停滞，入学的第一次期中考试如期而至。

常博记起小学时常用的独门神功：临时抱佛脚。本以为可以像过去那六年一样顺利地利用自己的小聪明取得让人惊讶的高分，却低估了初中八门学科八只佛脚的威力，这一次，没有抱得过来。班上的同学确实惊讶了，不过是因为副班长考了全班倒数第五名。

看着晓怡的高分排在班上第二名，再看看自己成绩单上的鲜红战绩，常博真希望自己此刻能够变成鸵鸟，羞愧地将头深深地埋进草丛里。

同样有些无地自容的还有班主任，悔不当初，怎么就把副班长这一重要职务交给了一个学习成绩不好的孩子，这对班上的同学们得产生多负面的不思进取的影响呀。

于是，一番情深意切的师生对话之后，常博成为了第一个下课的班干部，在众人惋惜、嘲讽、怜悯的目光下，他低下了自己曾经那么骄傲的头颅。低下头的那一瞬间，他有心或无意地朝晓怡望了一眼，却只看到她摇着头略带失望的侧脸。

从那一天开始，常博像个没事人一样，按时上学、放学、踢球，只是少了一项日常：与晓怡的沟通。他依旧在叫，依旧在笑，依旧在闹，只是眼睛里少了一些光彩，以前那快乐的灵魂似乎不见了，只能够感觉到一些欠缺与空洞。

晓怡依旧行使着自己班长的责任照顾着班上的每一个人，课间还是会看《足球小将》，成绩还是保持着一贯的稳定，只是在静下来的时候会感觉有些寂寞，好像身边少了一个可以说话的人，总是感觉比之前少了点什么。

当我们拥有时，我们也许会忘了珍惜，直到失去的时候才有些追悔，却再也于事无补。

是的，谁少了谁都不会活不下去，却一定会少了原来的精彩。

5

初中时的午休时间大概是两个小时，时间不算长，所以有很多学生中午是不回家的。中午放学时，三三两两结伴去校门口吃午饭，回到班上再聊聊天，休息一会儿，也就听到下午的上课铃了。

晓怡和常博都属于中午待在学校的这一类人，晓怡是因为家住得远，常博是因为晓怡家住得远。

半期考前两人还会因为班级上的一些琐事在中午休息时段进行双边会晤，考后就没有了，常博找不出其他新鲜的理由跟晓怡搭讪，只能在远远的地方偷偷看看她。

这天中午，突然班上出现了两个外校的学生，据说是认识班上的某位同学路过此地。

两人一进来看到晓怡顿时眼睛一亮，流里流气地就凑到她桌子前，说着些在初中生范畴内显得粗俗下流的话。

单纯的晓怡哪见过这等阵势，有些不知道该如何招架。这时只听见一道天籁之声降落人间："尔等孽畜，路过宝地不知何为礼貌，让俺老孙，哦不，俺老博来教训教训你们。"

话音刚落，就看到一个人影飞了出去，众人一呆，惊觉平时小看了小个子常博。定睛一看，才发现飞出去的就是刚才大放厥词的小常博。

晓怡第一时间冲了过去，略带哭腔地扶起常博，直问他有没有事。

常博心里一暖，身上的疼痛仿佛瞬间不存在了，心里想着这一脚挨得真值，虽然英雄没有救成美，却博得了美人一丝丝关心。看着晓怡无瑕的面容，常博心里只有一句话："只要你不受伤害，再苦再痛又如何。"

两个外校学生还想过来找碴儿，被常博一句话卡在半路：“尔等孽畜，休得再近一步，若要再调戏女神，只能跨过我的尸体。”

两人哭笑不得，觉得这孩子疯了，遂离去。

晓怡的心里一阵暖意涌出，突然觉得面前矮小的常博此刻无比高大。任谁都在花季雨季里有过对英雄的幻想，总希望自己的白马王子能够骑着七彩祥云来到自己面前，斩妖除魔，无所不能。

6

时间匆匆，来不及记录太多的细节，初一的美好时光已经随着期末考试的结束而尘埃落定。

晓怡依旧凭借高分拿到了全班第二的成绩，而常博靠着进阶版的临时抱佛脚神功居然一跃到了全班第二十四名，将名次硬生生地提高了一半，倒也平息了班上一些同学以及老师的非议。

每一年的开学都是一年一度的学校文艺会演，每个班都会派出精英表演节目，对外宣称给班级、年级段争气，其实就是给班主任、年级段长长脸。

每个班级和年级段的选拔过程在期末考试后几天内分别展开，每个年级段会有三个节目在两个月后的开学前夕在全校面前得以展示。

在常博这个班级的选拔过程中，由于都是初一新生，彼此都不了解，于是老师干脆采取了自己报名的方式，拿出一节自习课的时间进行了一场班级小型文艺会演。

中学时的集体荣誉感以及少年时的自我表现欲望促使班上很多同学都自告奋勇地站出来表演自己拿手的节目，希望能够得到班上更多人的重视，进而代表班级入围年级段甚至全校的文艺会演。

常博的想法没有那么复杂，他只是想站在台上唱首歌，送给他心爱的那个女孩。

不知道是无意还是天意，晓怡和常博的节目被排在了最后两个。

晓怡微笑着站上了讲台，起手式就化身为一只曼妙的孔雀，她从小学习舞蹈，孔雀舞是她的拿手绝活。

晓怡随着傣族民乐的悠扬旋律翩翩起舞，神似一只降落凡尘的孔雀，空灵而优美，引人入胜。

常博眼睛都看直了，音乐声停下之后，他还久久不能平静，心中的波浪翻腾得厉害，脑海里只有一个想法，就是将这只美丽的孔雀揽入怀中，再也不让她离开自己，心里有一个模糊的声音：这就是电影里常说的“爱”吧。

最后一个节目该常博了，他平复了一下心情，走上讲台，深深望了晓怡一眼，随即移开目光，对着班主任一点头，说道："我表演的是陶喆的《流沙》，希望大家喜欢。"说完，他缓缓闭上了眼睛，眼前一片黑暗，心里只有晓怡刚才跳舞时的曼妙身影。

众人看这架势不禁有些好笑，这×装得可以给95分，还有5分留给他的身高。

前奏结束，歌声响起的那一刻，全班立刻安静下来，常博细腻温柔的嗓音将陶喆的歌曲表现得淋漓尽致，陶喆最拿手的真假音转换在他的演绎下竟有些以假乱真，闭起眼睛听，竟分不清是不是在KTV里忘记按下了伴唱键。

一曲唱罢，当常博睁开眼睛的一刹那，伴随而来的是一阵热烈的掌声，以及晓怡边鼓掌边若有所思的神情。

为了显示结果的公正性，班主任采取了匿名投票，结果倒也是没有出人意料，全班62个人晓怡得了18票，而常博获得了50票，其他4票分别由之前表演的四个人投给了自己。

常博有些惊讶地看了看晓怡，举手站起来说："谢谢老师和同学的厚爱，但我自觉能力有限，我还是觉得晓怡同学的孔雀舞应该代表我们班级参加会演。"

全班愕然，都想：这常博是傻了吗？这么好的出人头地的机会，竟然拱手让人！

这个时候，晓怡也站了起来："常博同学，谢谢你，但是大家都觉得你唱歌好听，说实话，我也这么觉得，这是我在现实生活中听到的最好听的歌，我很喜欢。"说着说着，晓怡的头渐渐低下去了，声音渐渐小了，脸也有些红了。

常博傻傻地站在那儿，脑袋里根本听不到老师宣布自己代表班级参加会演以及同学们喧哗的声音，只有晓怡那句"我很喜欢"。

爱情有时候就是这样，没有一点点防备，就突然出现在自己的生命里，有时候一个细节，就那么突然印刻在自己的脑海里，不再离开。

7

两天后，年级段的文艺会演选拔，常博再次深情地看了一眼晓怡，随后闭上了双眼，开始用心吟唱陶喆的《普通朋友》。

晓怡在那深情的目光下竟有些心动的感觉，随即也闭上了双眼，静静地听着歌。

当最后一句歌词"我不能只是做你的朋友，不能做普通朋友"唱完的时候，晓怡张开双眼，再次触碰到了常博射来的一束深情的目光，那一刻，她的心有些醉了，有些乱了，不知道是因为动情的歌声，还是唱出歌声的这个人。

之前的林林总总终于在这一刻融会贯通，单纯的晓怡终于在这一刻明白：原来，他一直喜欢着我。

雷鸣般的掌声将这一对情窦初开的孩子拉回到现实中，在随后的投票中，常博以排名第一的身份代表初一年级段参加全校的文艺会演，他有一个暑假的准备时间，文艺会演在初二开学时举行。

那个时候KTV还不流行，常博只能在家里听着随身听练习要在文艺会演上表演的节目，屡屡在心里彩排着晓怡坐在面前听着自己唱歌的场景。

两个月的假期也还不算枯燥，因为古灵精怪的常博从晓怡的好闺密那里拿到了晓怡的家庭住址，竟然开始做起了笔友。

第一次收到常博信件的时候，晓怡吃了一惊，看着常博那不算漂亮却睿智幽默的文字，她时而微笑，时而停下来思考，想着是否应该给他回信，终于，她还是顺从了自己的内心，写下了给常博的第一个字。

收到第一封回信后，常博在家里高兴得自转了三圈，差点没撞坏家里刚买的新茶几。

就这样，一个暑假内他们一共写了十封信，每一封，常博都读上几十遍，甚至做梦都可以背出其中的文字。

爱情萌芽的状态是甜蜜动人的，不夹杂世俗，不涉及利益，没有太多其他的想法，只是单纯地喜欢着彼此，即使只能在心中想想对方的样子，都显得无比幸福满足。

8

在常博收到来自晓怡的第十八封信之后，假期正式结束，新学期如期而至。

班上的所有同学都按时来到学校，教室里人声鼎沸，大家都在四处交流着假期的趣事，以及表达两个月没见的想念之情。

常博一进教室就望向那个熟悉的位置，接着就看到了那令人心醉的完美面孔，她依旧穿着一件质朴的白色衬衫，像个洁白无瑕的天使。仿佛感觉到了他的视线，晓怡抬头看了过来，在两人对视的一刹那，她的脸红得像是红富士苹果，慌忙低下了头，那一抹红霞映衬在纯白色的衬衫上，看得常博一阵目眩神迷。

班主任兴冲冲地走上讲台，先假惺惺地表达了一下对大家的思念之情，接着马上问常博暑假准备节目的状况，这可是关乎她年终考评的重要指标。

常博胸有成竹地一点头，表示一切尽在掌握中。班上的同学也一起起哄，毕竟排除他不高只有一点帅，那动人的歌声还是十分引人入胜的。那个时候同学间的感情没有那么多现实的客观条件，除了有时候考试会遮着考卷不让偷看之外，很多时候还是互相欣赏，与有荣焉的。

班主任压下众人的喧哗，说道：“常博同学是我们班级的骄傲，能够代表我们年级段参加全校文艺会演更是年级段的骄傲，不要有压力，比出风格，比出水准，成绩嘛，不要在意。当然，能够拿到名次是最好的，哈哈哈。”最后一句赤裸裸地昭示了她的司马昭之心。

常博微笑地点点头，心里只有一个OS：我才不管什么成绩呢，我只想抓住每一次机会唱歌给她听。

小时候的爱情很简单，想看到你，想听到你的声音，你在我身边，那便是永远。

9

文艺会演当天，全校师生聚集在一个千人大礼堂里，人声鼎沸，声势出奇地浩大。

常博发挥了他无与伦比的人缘以及组织能力，竟然在班主任的默许下偷拨了一笔班费做了一批白色文化衫，班上人手一件，还用双面胶贴了一个标签在胸前，上面写着“初二（3）班必胜”，入场的时候整齐划一，让学校里的人吃惊了一把，当然也有人嗤之以鼻，心里腹诽着：要是这节目不好看，看我们不把你嘘到姥姥家去。

节目表演顺序由抽签决定，常博居然又意外地抽中了最后一个节目，压轴出场，不成功便成仁。

“各位领导，各位同学，欢迎来到龙岩一中一年一度的文艺会演。希望参加会演的同学赛出风格，赛出水品，友谊第一，比赛第二。”台上的主持人带着职业性的笑容依照程序报着单。

这个时候，一个突兀的声音响了起来：“谁都不认识谁，爪哇国里来的友谊啊？常博给我拿个第一回来，哥请你一个星期卤肉饭，加蛋！”众人皆惊，一看，原来是常博班上的死党贱雷，果然人如其名。

全校哄笑，班主任脸色铁青，心里想着回去让他抄多少遍《出师表》才能解心头恨，不过表演前的低气压倒也被这小插曲冲淡了许多，在后台准备的常博不禁莞尔。

主持人赶忙出来打圆场：“这位同学倒也是真知灼见，好的，话不多说，我们马上进入今天的第一个节目：高一（6）班带来的凤阳花鼓。”

节目一个接着一个，观众的情绪也越来越高涨，终于随着时间的推移，来到了全场的最高潮阶段。

“下面，我们有请初二（3）班的常博同学代表初二年级段，带来本次文艺会演的最后一个节目，他为大家演唱陶喆的《爱很简单》。掌声有请。”

幕后的常博深吸一口气：亲爱的，该来的，总会来的，不管事先再多的铺垫，不管经过再多的变迁，时间在走，人都在变，但我心中只是坚信，无论你在哪里，我都应该在你身旁，此刻的你，在台下安静地等着，而我，来了。

10

安静的大礼堂里黑了灯，听着咔嗒咔嗒的皮鞋触地的声音，常博穿着明显大一号的西服，抱着一把跟他差不多高的吉他从幕后走到了台前，不知道是因为路太黑还是心太慌，居然还踩到了自己的略有些拖地的黑色西裤，一个踉跄，差点没给众人来个五体投地。

台下的观众都开心地笑了，有高年级段的嘲笑，有低年级的觉得好笑，还有晓怡的会心一笑，心里想着：这个天生的开心果真是到哪里都不甘寂寞。

常博尴尬地一挠头，眼神朝着晓怡坐着的方向望了过去，搜索了几秒，未果之后，悻悻地坐在了台中央准备好的椅子上，闭上眼睛，在心中勾画出了晓怡那早已映入灵魂的音容笑貌，竟在片刻之后笑了出来，一个深呼吸，他将手指放上了吉他。

当第一个音从他的嘴巴中发出来的时候，原本嘈杂的周围突然全都安静下来，只听到那令人安心并且无比纯净的声音：“忘了是怎么开始，也许就是对你，有一种感觉。”

唱着唱着，眼神又移向了晓怡所在的方向，居然在黑暗中找到了那抹跟他一样纯净无瑕的眼神，双目交会，接着忘情地唱道：“忽然间发现自己，已深深爱上你，真的很简单……”

整个初二年级段的学生此刻脸上洋溢着骄傲的笑容，他们可是享受过这天籁的，深知第一次听到时的震撼感，而这声音的主人还是来自自己的年级段，与有荣焉。

其他年级段的学生可就不淡定了，心里琢磨着：这小子其貌不扬，却声似天籁呀，不简单，真好听，人虽然矮点，但人家才初二。

“I love you，无法不爱你，说你也爱我。I love you，永远不愿意baby，失去你。”一个小高潮，唱出了常博的心声，也唱进了所有人的心里。此刻的晓怡，心里只有一个感觉，就是常博唱的所有歌词只是对她一个人唱的，那种灵魂共鸣的感觉，有种说不出的滋味。

唱着唱着，常博突然站了起来，放下了手中的吉他，用他那无比纯洁的声音对着晓怡唱道：“如果你还有一些困惑，请贴着我的心倾听，听我说着，爱你，YES, I DO!”

至此，曲终人未散，泪却流两行。

在场的大部分人都感受到了那歌声中的深情，竟然不自觉地流下了两行清泪，其中，以晓怡为甚。

安静了几秒钟之后，全场起立，爆发出了雷鸣般的掌声，男生毫不吝啬地发出赞美，女生只吵吵着要嫁给这个深情的男生。

这个时候，傻博做了一个静声的手势，待全场安静之后，他站在台上，当着全场观众的面，说出了让全校震惊的话："晓怡，我爱你，我们在一起吧。"

晓怡的耳边突然听不到任何声音，只有那句话不断地在脑袋里萦绕着："我们在一起吧。"

11

文艺会演已经过去一个月了，常博只要走在校园里，路过的人都会亲切地说："这不是傻博嘛，赞哟，加油。"常博这个时候总会傻傻地一笑，欣然接受"傻博"这个外号。

这场风波造成的影响远不只是多了一个外号这么简单。首先是当时在现场的校长紧急叫停了会演，还好当时已经是最后一个压轴节目了，至于节目名次问题，在这场表白风波下，那都不算问题。其次是晓怡迫于压力无法表达自己的任何情绪，她本来就是一个被动的乖乖女，第一次面对这种情况，整个人都被吓呆了。最后是常博的爸妈在知道整件事情之后，居然开始联系起了他在加拿大的阿姨，想要将他送到国外去，博爸爸的原话是：“我丢不起那人！”

常博可不管，傻就傻呗，没名次就没名次呗，出国就出国，哦不对，哪有那么容易就送出国的？以为是一日三餐到点就有的吃？对于他来说，最重要的就是迟钝的晓怡完全明白了他的心意，而且出人意料地并没有排斥，至于答应他，他可压根儿没有想过，只要能默默地守护着她就好。

那个时候的学生生活是单调的，根本没有那么多的娱乐项目，也没有手机、电脑等高科技产品，很多时候只能是在一天的课程之后成群结队地来到操场打球散步、吟诗作对。

常博虽然个子小，却对体育有异于常人的天赋，篮球、足球、排球、乒乓球，几乎是打什么什么厉害。

于是那个时候的操场常常可以在很多个地方看到常博的身影，倒也不是他对体育不专一，而是对晓怡太专一，几乎是晓怡玩啥他玩啥——只不过他实在是没法去参与仰卧起坐那个项目，因为感觉太娘了。

晓怡自然也接受这默契的心照不宣，总是在有眼神交会时脸红地低下头，小鹿乱撞，芳心暗许。

常博周围的认识不认识的人，总是会有意无意地帮助并祝福着这对还未正式在一起的情侣。比如晓怡路过篮球场，队友总会将球传给常博，而当他开始运球的时候，对手总会用很夸张的动作被过被晃倒被凌辱，最后他可以很轻松地上篮得手，落地之后甩一下根本就没有的空气刘海儿，当作ENGING POSE，自觉帅气无比。当然晓怡碍于面子，基本上都不会看向球场，于是整部戏缺了主角，最后总是演变成不伦不类的闹剧，常博却没少因为这事请大家喝汽水，典型的人财两空。

12

转眼西方的传统节日圣诞节到了，圣诞老人却没有带给常博任何礼物和好事，反而带给了他一个晴天霹雳：妈妈告诉他，签证已经办下来了，两周后从上海浦东机场直飞加拿大温哥华。

常博直接被这霹雳震傻了，半天没回过神来：这剧情怎么跟自己想象中不一样呢？现在出国真像吃三餐那么简单了？

稍微缓过点神之后，他鼓起勇气偷偷让晓怡的闺密帮他约晓怡出来，两人第一次正式的约会，没想到居然就变成了学生时代的绝唱。

常博卖了一套原来珍藏的《西厢记》邮票，换了100多块钱的现金作为第一次约会的资金，在当时一碗馄饨一块钱的经济背景下，那俨然已经是一笔巨款了。

晓怡骗爸妈说周末学校要补习。那是她第一次说谎，说完面红耳赤，还好，爸妈并没有发现异样。

在常博的精心安排下，两人来到了大众电影院，一起走进了《泰坦尼克号》的放映厅。

所幸当年的广电总局还相当尊重原著的真实性以及剧情的连贯性，使得一部经典的爱情灾难片可以原封不动地还原在所有观众眼前。

当电影播放到Jack为Rose裸体作画并且之后在豪华的老爷车内啪啪啪时，常博借着屏幕发出的微弱亮光偷偷看了晓怡一眼，发现晓怡早就已经害羞地低下了头，完美的侧脸上闪着一片微红的彩霞，看得常博心弦一动，不知道哪里来的勇气，居然在座位下面牵住了晓怡的手。

这突如其来的变故让晓怡有些不知所措，象征性地甩了甩手，发现常博要牵着它的意志格外坚定之后，居然也就让他握住了自己的手，心里却有些忐忑：自己第一次牵手居然是在这种情况下发生的，而且屏幕上还放着那么令人羞怯的画面。

常博哪里还管屏幕上在放着什么？此刻他的脑袋早已经一片空白，心里只有一个念头：手好软，皮肤真好。

电影再久，也终有演出结束的那一刻；人再相爱，也终会有曲终人散的那一天。

两人随着散场的人潮来到了电影院外，突如其来的刺眼阳光让两人有了种恍若隔世的感觉，仿佛刚才的牵手只存在于幻想中，而留在彼此手上的温度却那么真实。

常博带着晓怡来到了一家看起来就很高档的西餐厅，当然他早已做好调查，这里的价格正好在他的装酷余额范围内。

两人坐定之后，在侍应生的安排下享受了一顿丰盛的牛排套餐，吃完之后，他们端走了盘子，并且点上蜡烛，之后离开了桌边，倒也没有因为他们的年纪而有什么轻视的行为和表情，专业态度可见一斑。常博心里默念着：这酷装得虽然贵，但是值了，我钟爱的《西厢记》死得其所了。

常博轻轻握住了晓怡在桌子上的左手，深情地看着面前这个自己深爱的女孩，满面的红霞动人无比，低着头时可以看到长长的眼睫毛，在这么近的距离还可以感受到她有些加快的呼吸速率，一切都是那么完美。

他整理了一下思绪，温柔地对着低着头的晓怡说：“我爸妈已经帮我办好了出国的手续，我下周就要飞去加拿大了。”说完这句话，心里竟然有一些怅然若失，脑海中出现了那个没有晓怡的城市，空荡荡的思念无处躲藏。

晓怡惊讶地抬起了头，终于有勇气看向常博，问道：“为什么走得那么突然？”

“我也没办法，自从我在全校师生面前做了那件傻事之后，我爸妈就密谋将我送出国去，找我阿姨，而我也没有预估到我爸妈的决心和能力。”

“那……我们这算什么？”晓怡说着就要将手抽出来，却发现常博不但不放，反而握得更紧了。

“晓怡，我喜欢了你764天，好不容易能够知道你的心意，能够牵起这只我梦寐以求的手，我无论怎么都不想再放开了。”

听着常博这情深意切的表白，晓怡低声骂了一句：“真是个傻瓜蛋。”然后抬起头，看着他的眼睛说，“你看过吉米的《向左走向右走》吗？没有缘分的两个人，即使住在同一个城市的同一座楼里，都有可能一辈子遇不到。而你现在要去大洋彼岸的那个陌生城市，你觉得我们还有可能吗？”

“我相信缘分，也相信老天不会这么折磨真心相爱的两个人。如果我找不着你，我就大声歌唱，即使背对对方，即使远在他乡，你只要听到我为你而唱的动人歌曲，你就回头叫我，我们就能重逢。到了那一天，我就不会再让你离开我一步，不会再让距离、时间、家庭这些客观因素去破坏我们的爱情。我相信，只要有心，只要坚持，我们就一定能守到花开，守到云散，守到我俩再次相遇的那一天！相信我，相信爱情。”

“嗯，我相信你，相信爱情。”

两人的手紧紧地握在一起，这是他们最近距离也是最深层次的接触，两颗心紧紧地贴在了一起，彼此都坚信，只要有爱，就能战胜一切。

人潮再熙攘，世界再繁华，都抵不过你在我身边停滞的这一秒。

后记

十年之后，在国内某个著名的歌唱比赛决赛现场，比赛正如火如荼地进行着，中国四大卫视之一的水果台正在对全世界的华人进行现场直播。

节目已经接近尾声，导演组的人基本上都轻松起来：向全世界现场直播，收视率爆表的当家节目，就怕直播途中出现什么不可预期的幺蛾子，还好，现在剩下最后一个压轴表演了，而将要出场的这个人，是他们最不担心出状况的海归明日之星。

台上的那个男生有着接近一米九的身高，穿着修身的白色英伦西服，聚光灯打在他轮廓鲜明的帅气脸庞上，他像是无数少女梦中的白马王子，迈着步子来到舞台中央。他走到立麦的旁边，技巧性地轻触了一下麦克风，发觉一切设备正常无误之后，低头思索了片刻，将嘴巴靠到离麦克风最舒服的位置，带着磁性的男声片刻间回荡在现场，呈现在全世界的观众面前："大家好，我是今天的最后一名选手，刚从加拿大回来的飞机上下来。谢谢节目组不吝并且破例给了我登台唱最后一首歌的机会，但在唱歌之前，我有两句话要说。"台上的他深情地望着中间那台摄像机，仿佛看着自己深爱的爱人，继而温柔地说道，"我已经忘了这是我参加的第几个歌唱比赛，自从我找不到你之后，我就依照约定四处歌唱，因为我相信，只要站在你听得到我声音的地方，即使看不着，你也会觅声而来；即使会错过无数次，但只要有一次缘分的交替，你就能重新出现在我身旁。那个时候，我会紧紧握着你的手，不会再让你离开。"说着，男生将自己的右手缓缓地放在自己心脏的位置上，用左手抽出了麦克风，微笑着说道，"接下来我要唱一首我自己写的歌，名字叫作《牵过手的手》，希望你可以听到。"

电视上播放着那感人的画面，沙发上的那个女人早已泣不成声，心里一直重复着一句话："你怎么还是那么傻，傻到令人心碎！"

旁边传来了一声幼稚的童声："妈妈，你怎么哭了？"

公主与太监

人类是一种很矫情的动物，他们大喊着“陪伴是最深情的告白”，那为什么不直接去告个白呢？成功了白头偕老，不成功各自终老。

因为往往有这样一种人，他们不舍得用不知道靠不靠谱的爱情，去换一辈子可以陪伴在身边的感情。

如果爱情没了，这人可能就见不着了，而一辈子见到这个人，却是他愿意用生命去换取的幸福。

语嫣抱着粉红色的小猪玩偶，稚气的脸上带着一股认真：“小粉，我明天就要去幼儿园上学咯，妈妈说上了学的孩子就是大孩子了，我也不能天天在家陪着你了，你自己在家要乖，等我放学回家了再跟你玩。”

那一年，语嫣三岁半，去幼儿园的前一个晚上，她失眠了，兴奋的心情让她抱着布偶小粉嘀咕了半个晚上。

第二天来到幼儿园的时候，老师让同学们自我介绍一下。幼儿园的自我介绍，其实基本上就是大家说说自己的名字，头发短到分不清男女的再在老师的提示下说一下性别。

轮到语嫣的时候，她站了起来，奶声奶气地说："我叫尤语嫣，今年四岁，我想当演员，演公主。"

她旁边的男生站了起来，虎头虎脑的，盯着语嫣看了一会儿："我叫段浩然，今年五岁，我不想当演员，我想当公主身边的太监，因为太监可以一直陪着公主。"

"哈哈哈哈哈。"全班小朋友一起笑了起来，老师也被这童言无忌逗笑了。

那年浩然四岁半，第一眼看到语嫣就想一直陪着她。

人在长大后回忆小时候的事，幼儿园的时光总是有些模糊不清，几年时间似乎在眨眼间就过去了，很难想起什么细节。

但浩然记得很多跟语嫣有关的事，这也是他长大后常常会回忆的时光。

小学六年，浩然还是跟语嫣一个班，班上男的多女的少，小孩子心性，男生总会用欺负女生的方式引起女生的注意。

全班的女同学都没有少被欺负过，被弄哭的女生也不少，但唯独语嫣没有人敢欺负，只要有人接近语嫣，就能感受到最后一桌传来的凶狠目光，浩然一直都是班上最高的，常年霸占着最后一桌靠近垃圾桶的位置。

小学六年级的时候，有人开玩笑说浩然喜欢语嫣，语嫣都快急哭了，浩然在回家路上急中生智说自己喜欢的其实是男生，所以才会说想要做公主的太监，不过这个秘密没人知道，希望语嫣帮他保守秘密。

语嫣很认真地说，放心，这是她一辈子的秘密，并且跟浩然拉了钩，要做一辈子的好闺密，搞得他哭笑不得，心里有苦自己知，不过这一辈子的闺密算是做实了。

初中的时候，浩然因为成绩不好没有考上语嫣的中学，但他上的初中离她也不远，他便每天晚上以辅导学习的理由来找语嫣，语嫣也很认真地辅导着浩然的学习，居然没发现她的眼睛在题目上的时候，浩然的眼睛总是在她脸上。

初三那年，有高中里的学长下来跟语嫣表白，吓得语嫣躲在教室里不敢出来，浩然知道之后一个人跑到高中部去了。那是他第一次没有因为自己的块头而幸免于难，鼻青脸肿地来找语嫣说他搞定了的时候，语嫣哭了，浩然笑了。

浩然所在的初中部，排球、篮球、足球的教练都认为他是个好苗子，争着要这大高个。他纠结了半天，最后在得知语嫣最近喜欢看篮球飞人之后第一时间选择了篮球部。

第一次友谊赛，浩然就在语嫣的学校篮球场里拿了24分，看到语嫣开心，他也跟着傻乎乎地笑，一点都没有注意到周围客场球迷的杀人目光。

比赛完了之后，校篮球队的教练把他留了下来："有兴趣高中来我们学校篮球队吗？我可以给你搞个特长生的名额。"

"好啊好啊，我来你们学校。"浩然开心地答应着，再次没有注意到自己学校篮球教练的杀人目光。

在被各种眼神杀死过很多遍以后，浩然如愿地上了语嫣所在的高中，而学霸语嫣，早已经在报送时，以高分直升了。

浩然到了高中之后，身高还是没有停长，很快变成了市里的第一中锋，每次当语嫣带着疑惑地问为什么gay会这么喜欢体育的时候，浩然会故作扭捏状比个兰花指，细声细语地说这是无人知晓的秘密，搞得语嫣一阵紧张，赶紧捂着自己的嘴，感觉自己泄露了天机。

两人除了各自的文化课，基本是形影不离，两家的家长也早已认可了他们的相处方式，只是语嫣爸妈看到浩然时眼神里总有点惋惜的表情，不用想也知道语嫣肯定在无意间透露了他“非常规”的性取向，当然好处就是他们不会阻止他们的接触和交往，有个这么强壮的gay蜜保护自己的女儿还没有其他多余想法，想想都开心。

高中一晃就快过去了，到了毕业酒会的时候，大家都有些郁闷，有些依依不舍。那个年龄的孩子已经被允许喝酒了，于是酒便成了大家宣泄情绪的突破口，能喝的不能喝的都喝了，爱哭的不爱哭的都哭了。

最后大家提议玩《真心话大冒险》，有一把语嫣输了，大冒险，调皮的同学叫她在现场找一个异性亲一下脸，她想都没想就把浩然的脸拉近自己，对着额头就是一吻，同学们起哄，浩然蒙了，那是他第一次与语嫣有那么亲密的接触。

语嫣如愿考上了北京电影学院，浩然跟着她去了北京，上了北京体育学院的教育部，要是顺利毕业就会分配回地方做体育老师。语嫣好奇地问他，喜欢当老师吗？浩然一口答应，心里想着：还不是因为你呀？小傻瓜！

到了北京之后，两人离得比较远了，但浩然还是会地铁转公车地隔三岔五去找她，直到有一天他发现语嫣身边多了一个男人——同是表演系的一个帅哥。

见过几次面，吃过几次饭之后，语嫣找到浩然，说她男朋友有些疑问，总觉得他接近语嫣带着些暧昧的成分，而且看她男朋友的眼神总是恶狠狠的。浩然没有说话，认真地看了看语嫣，便走了。

再次见到的时候，浩然居然带着个男朋友："语嫣，这是我新交的男朋友阿森，你说得对，我们北漂是应该找个自己爱的人，互相照顾扶持着走下去。"

于是他又重新回到了语嫣身边，虽然每次要假装跟个男人秀恩爱很恶心，但只要能待在她的身边，便觉得什么都值得了。

有一天，语嫣的男朋友单独找了浩然，带给他这么一个消息：

在北京的剧组需要拍戏时，有的导演会去电影学校里挑一些好的苗子，但除了张艺谋那些大导演，其他的导演就算很喜欢哪个苗子都要经过制片人那一关，因为往往投钱的比掌机的来得有实权。

一个上院线的大片来表演系挑演员，导演一眼就相中了语嫣，觉得她的气质和演技完全就是剧本里女一的样子，但问题随之而来，制片人相中的不是同一个人，往往在这个时候，就是拼关系的时刻了。

因为听说制片人是个老gay，语嫣男朋友便来找浩然看看有什么办法可以用，浩然听完只说了一句，"包在我身上"，便离开了。

几天之后，语嫣得到了剧组的通知，她被录用了，高兴得第一时间想要分享这个喜事给浩然，却发现浩然的手机已经关机了。

个把月后，当语嫣从横店杀青回到北京的时候，浩然牵着阿森的手笑容满面地在动车站迎接她的凯旋，但语嫣下车后抱的第一个人，还是她男朋友，浩然的手不自觉地颤抖了一下，阿森在旁边拍了拍他，叹了口气。

人从默默无闻到大红大紫，有时候只需要一个契机，语嫣抓住了，虽然她并不知道这个契机是在什么样的情况下被实现的。

电影上映之后，语嫣被誉为第二个章子怡，上学放学都有狗仔队跟拍的那种，单纯的她没有被这突如其来的爆红迷了心智，还是一如既往地跟她男朋友在一起，依然跟浩然和阿森互动得十分频繁，仿佛那明星的外包装并没有对她产生多大的影响。

并不是所有人都抱着这个想法的，有一次四个人聚餐，大家躲在包厢里都有点喝多了，阿森闹肚子跑进了洗手间，过了一会儿，语嫣男朋友接到个电话出去了，剩下语嫣和浩然单独在包厢里。

浩然红着脸问语嫣："你现在红了，还有什么梦想吗？"

语嫣傻傻地笑着："跟他结婚，然后买一个大别墅，给你和阿森一个房间，我们四个人永远在一起。"

浩然傻傻地盯着那张爱了多年的脸，心里说着“祝你幸福”，泪忍不住流了下来，还好，这个时候阿森急匆匆地走了进来，缓解了这个尴尬。

“你出来一下，有急事。”阿森的表情显得很凝重。

阿森拉着不太情愿的浩然走到门口，反手把门关了之后说出个让他快发疯的消息：刚才他在厕所里时，听到语嫣的男朋友在打电话，没有全部听清，大概的意思就是虽然原来想分手，但现在语嫣突然火了，肯定不能浪费了这么好的事，会在最近找个机会跟她求婚，生米煮成熟饭……

愤怒的浩然开门之后直接操起个啤酒瓶往那男人头上砸了过去，那人头一闪，啤酒瓶打在墙上，碎片四溅，语嫣穿着短裤的腿上也挂了彩，开始流血。浩然一看就慌了，抱着她就往外跑，边跑边喊着：“快叫救护车。”

一场闹剧之后，语嫣好像生了浩然的气，电话不接，微信不回。这个世界那么大，想要找到一个特地躲你的人，可太难了。

浩然把自己关在房间里，好多天没有出来。

阿森来到浩然房间，当他推开虚掩的门时，一股呛人的烟酒味直冲鼻底，他好不容易克服了这股味道走了进去，开灯的那一刻，他看到了浩然脸上的眼泪，很安静地流淌着，眼睛里没有一点神采，只是直勾勾地盯着面前电脑上的一个新闻：语嫣在男朋友一波温柔的浪漫攻势下害羞地当众答应了求婚。

婚礼定在九月一日国贸大饭店，不知道是因为迷信还是巧合，那天正好是多年前浩然遇见语嫣的第一天——幼儿园的开学日。

语嫣的男朋友很体贴，张罗着关于婚礼的一切，外地亲戚朋友来北京的行程住宿都一手包办，俨然一副绝世好老公的模样。

语嫣在婚礼前两天还在忙着接一些工作，当她在三里屯见完一个导演后，决定去国贸饭店看看婚礼准备的进度，因为很近又是白天，她便叫助理和经纪人先回家了，自己开着车去。即使红了，她也不愿意占用别人工作以外的时间跟自己去处理私事。

开到三环高架桥上时，收到了一个来自阿森的语音来电。

阿森：“你现在在哪儿呢？”

语嫣：“我在开车，你说，没事，我开着免提。”

阿森沉默了一会儿：“我知道你后天就要结婚了，但有些话我放在心里很久了，我要是不说出来，我觉得我都快要崩溃了。”

语嫣：“怎么了？是浩然出什么事了吗？”

阿森：“谢谢你还肯关心他，他现在跟个活死人没什么差别了。”还没等语嫣说话，他又马上说，“他爱了你十几年，但从来没有想要得到你，他只想陪在你身边，陪你走每一段人生的路。我问过他值得吗，他说当然值得啊！能在你身边陪着你，是他这辈子最幸福的事，是他活到现在唯一的人生信仰。为了你，他要从小就假扮gay，遭受周围人的异样眼光、冷嘲热讽；为了你，他去找了你出名的制片人，回来之后关了手机，把自己关起来整整一天，一遍遍地用热水洗着自己的身体；为了你，他在听到你男朋友在厕所的对话后才会那么愤怒地想打他；为了你，他付出了他的时间、他的梦想、他的尊严，甚至他的生命，但你……”

说到这里，电话突然中断了，阿森在这头流着泪不知所措，那边的语嫣头上流着血眼睛流着泪倒在了安全气囊上，刚才那突如其来的消息让她失了神，汽车不受控制地撞上了紧急停车带，冲下了离地面好几米的高架桥。

九月一日如期而至，语嫣各地的亲戚都按照规定的时间来到了地处北京CBD的地标性建筑——国贸大饭店。

让大家一头雾水的是，门口摆着一张巨幅的结婚海报，海报上的两个俊男美女绽露着幸福的笑容，但门口并没有他俩，只有几个服务员在负责迎宾，一些媒体的记者懵着圈拍着照，连直系亲属都没有看到。

亲戚朋友们脑袋里打着问号找到了自己的位置，过了一段时间发现虽然婚礼规定的时间已经快到了，但会场里连一半人都没有坐满，新郎新娘、伴郎伴娘更是一个都没有看到。

吉时一到，终于看到舞台上出现了一个主持人，他没有像往常的主持人那样来一套婚礼套话，甚至没有致什么欢迎词，而是一脸沉重地指着会场中央的大屏幕："请大家保持安静，我们现在开始举办一场特殊的婚礼，大家请看大屏幕。"

屏幕开始亮起，居然是现场直播的画面，在场敏感的记者们赶紧拿起手中的长枪短炮，开始录影拍照。

画面上，摄像师先是对准了站在ICU病房窗户外的一排人，有五个伴娘，穿着西服的阿森，还有语嫣和浩然的爸妈，没有人说一句话，但不约而同，脸上都带着阴霾，语嫣的妈妈还忍不住擦着眼泪。

摄像机划过众人之后，贴着玻璃窗户将镜头转移至了ICU病房内，语嫣戴着呼吸器，全身插满了各种管子，双眼紧闭，一副完全没有知觉的样子。

在她病床边，站着一个穿着消毒服、一脸平静地看着躺着的语嫣的人。国贸大酒店里，众人已经忍不住捂住了嘴巴，有的人已经情不自禁地哭了起来。

浩然感觉到了摄像头的灯光，他转过来对着摄像头笑了笑，接着继续低下头，开始对语嫣说话了，因为连着摄像机上的麦，他的声音很清晰地传到了大家的耳朵里。

“公主陛下，你最忠心的太监小然子来了。今天正好是我们认识的第十九年了，你选择了一个这样的时间举办婚礼，是不是也在怀念我俩第一次见面的那天？你这个小坏蛋，把结婚纪念日放在这一天，估计你男朋友知道了该气死了，哦，不对，是前男友。那货知道你出事可能再也不会醒过来之后马上单方面取消了婚约，等我完成了今天这个我期待了一辈子的时刻我就去找他。你放心，我说了保护你一辈子，就不允许任何人欺负你，让你受委屈。但我现在有更重要的事要跟你说，也是在征求了你家人的同意后才这么做的，我知道你从小到大都是一个很孝顺的孩子。”说着，浩然抬起头，看着已经泣不成声的语嫣爸妈，点了点头，接着目光扫过窗外的其他人，也微微点了点头，“我爸妈也来了，还有你的最好的朋友也来了，当然还有阿森，你的意外，这笔账我会找他算的。”窗外的阿森哭倒在了地上，拿手不断地捶着地板。“好了，我要说咯，这是我这一辈子都期待的时刻，也是我这一辈子每天在脑海里都想对你说的话——嫁给我吧，尤语嫣，我段浩然对天发誓，余生只对你一个人好，剩下的日子我要每天和你在一起，我们要生一对可爱的孩子，要带着家人一起去环游世界……”说到这里，浩然再也控制不住自己的眼泪，话语里带着浓烈的哭腔，“医生说你醒过来的概率很渺茫，但我一点都不担心，只要你活在这个世界上一天，我就要在你身边陪着你一天，不管以什么身份，不管其他人同不同意，不管是不是与全世界为敌。我爱你，我的公主陛下……”

所有能看到这场直播的人都哭成了狗，在屏幕暗下之前，摄像机抓到的最后一个镜头，是浩然单膝跪在床前，床上的语嫣眼角上滑落了一滴晶莹的泪水。

关于邂逅的风月

相信每一个热爱旅游的单身狗都有这样一种亲身体验：当你从自己活腻了的地方去另一个别人活腻了的地方时，冥冥之中总感觉自己能够邂逅自己生命中最美的爱情，遇到那个你素未谋面的灵魂伴侣。

时间慢慢走，人慢慢长大，大部分并没有遇见爱情的人都会明白，在异地邂逅的，往往只会是一夜情或者是无疾而终的短暂爱情。

很多邂逅的爱情，都会在你们分开的那一刻烟消云散，只是你们不愿意承认，你们在分开的那一刻都会流着泪拥抱彼此大喊着："让我们珍惜这来之不易的缘分。"却又在一段时间后对彼此说："乖，让我们勇敢地结束这段难熬的异地恋吧。"

然后将它放在心里最深最珍贵的地方，彼此安好。

你们会难过，会追忆，甚至会再一次到对方的城市，但最终，你的生命里会出现另一个人，让所有关于对方的一切都变得那么微不足道。

1

KW先生是个拥有崇高理想却始终郁郁不得志的文艺小编剧，自个儿取了个叫KW的笔名是因为他最爱的导演王家卫（karwai wong），简写之后常被误认为他是个KTV的营销员或者服务员，因为别人的缩写才是正经的KW。

KW最喜欢文艺片，特别是王家卫电影里的那些矫情台词，在心底，他总认为自己是另一个王家卫，只是目前还在自己的蜗居里卧薪尝胆。爱好归爱好，为了生活，KW还是得写一些烂大街的网络商业剧本，而且收入并不是太高，常常入不敷出。

这个世界上从来不缺少那种怀抱梦想啃着馒头却始终豪情万丈每天起床都像打了鸡血的小人物，你可以侮辱他的身世身家乃至过去的一切，但你不能践踏他那伟大的梦想，要不他就会跟你死磕，光脚的不怕穿鞋的，反正除了梦想，他真的一无所有。

2017年3月的第一天，某个网络电影出版发行公司的总经理办公室里，正在上演着一场利益与梦想的死磕。

一个肥头大耳的经理一把将手中的十几页手稿甩在KW面前，大声吼道："我要的是42集的网络宫廷穿越剧，你从去年写到现在就写了五集？这都第五集了，主角穿越不成反而被闪电劈死了，就全剧终了？你知不知道我已经跟aqy谈好了播出和广告分成比例了？你这样，我要付100万违约金的，你知道吗？你这只猪！"

KW盯着眼前的皮卡丘茶杯仿佛老僧入了定，等那只更像猪的经理发完飙，他才整了整自己有些皱巴的西服领子，慢条斯理地说："王家卫拍摄《2046》花了五年时间，真正好的编剧、导演都是慢工出细活的，而且你给我那狗屁不通的穿越逻辑明显就是在强奸观众的智商，恕我无法欺骗观众。"

"欺骗你的大头鬼！你别忘了你当初可是签了合同的，再过一个月你写不出来就等着收律师函吧，你现在给我滚出我的办公室！"肥猪经理听到这狗屁不通的理论，继续发飙道。

KW站了起来，居然真的头朝下来了个滚地龙，直接翻出了办公室。翻到门口，双鱼座骨子里那逃避现实的天性使得他拿出手机用他账户上所剩无几的存款订了一张去香港的机票，正好昨天香港的好兄弟阿朴约他去参加香港的"Dragonland"音乐节，里面有他最喜欢的DJ之一Zedd。

订好票放下电话，KW的脑海里不禁浮现出王家卫的《阿飞正传》里那句最经典的台词：这世界上有一种鸟是没有脚的，它只能够一直飞，飞累了就停在风里，这种鸟一辈子只会下地一次，那一次就是死亡的时候。去他娘的一个月交稿，老子就是那只鸟，此处不留鸟，自有留鸟处，去香港寻找我家卫大神留下的文艺气息了。

2

飞机缓缓降落在依山傍水的香港赤鱲角国际机场，阳光那么明媚，KW也一扫身上的阴晦，给这个亚洲金融中心挤出一丝可以打动自己的微笑，好好地享受这个难得的假期吧。

香港的好兄弟Poka和阿朴早已等待在接机口，KW在众多的接机人中一眼就看到了他们，因为在身高普遍不高的香港人中，他们更矮，却举了个大气球，上面写着“welcome loser KW”，嗯，真的是好兄弟。

兄弟相见，分外开心，阿朴开着车吹着牛，说自己的女朋友来了香港之后百依百顺。Poka微微一笑：“是百依百顺，不过是阿朴对他女朋友。”

面对这种花式虐狗，KW开着玩笑说，这次来香港一定也要来一个王家卫电影版的文艺浪漫邂逅。几个人笑着吐槽，谁也没有当真，谁也想不到这预想不到的邂逅竟会如期而至。人生最美的地方，不就在于它那无法预知的不期而遇吗？

三人一路逗笑着来到位于尖沙咀的W酒店，跟早已到达的飞鹏、邱邱和国宝会合，众多兄弟相遇，免不了一阵寒暄打闹。对了，国宝是个气质迷人的漂亮女生，不过由于胸围的关系，大家都把她当兄弟。

大家一起上了阿朴早已安排好的商务车，一起去这次香港的音乐节“Dragonland”。

自从去年世界百大DJ莫名其妙地在中国内地火起来之后，许多跟风的吃瓜群众也加入了追捧百大DJ的热潮，EDM（Electronic Dance Music）风靡各大主流夜店，各大夜店也花重金砸钱邀请出名的不出名的百大DJ来到店内演出，这股风潮大有超过七八十年代的迪斯科之势。

跟那些跟风狗不一样，KW这群小伙伴基本都是伴随着电音长大的，百大DJ如数家珍，电音的不同类别、舞蹈的不同门派都是手到擒来，属于电音发烧友的鼻祖级人物。

阿朴早早订好了一个卡座，离主舞台有一些距离，但因为地势较高，所以对整个会场一览无遗，桌子上摆着赠送的香槟野葛和啤酒，最奇葩的是还赠送了一盘叉烧拼烧鹅，也算是香港特色了。吃着烧鹅配着香槟，听着躁动人心的电音，倒也别有一番风味。

3

香槟上头快，容易醉，还不到半小时，大家都有了微醺的感觉。就在这个时候，KW突然发现在入口处走进一个穿着黑色裙子黑色网袜的女生，冥冥之中，他觉得自己看到对方的那一瞬间，那个女生也抬头看了他一眼。

不知道是香槟上头还是缘分蒙蔽了双眼，这个女生在KW的凝视下，像《黑客帝国》里基努李维斯躲避子弹那样，一格格一帧帧地以肉眼所能观察到的最慢速度走向了他的卡座，走进了他的人生，带来了一段关于邂逅的故事。

当Poka叫大家去舞池里跳舞的声音传到耳朵里，KW才从刚才那奇妙的感觉里醒转过来，这才发现那个女生居然就在他们正前方的卡座上，看着他浅笑安然。还来不及回眸，他就被Poka拉进了舞池，进入了狂欢的人群。

音乐很炸，舞蹈很嗨，人很躁动，KW却提不起什么精神，心心念念着刚才卡座上的那个女生，半晌之后，他就带着意犹未尽的大家回到了卡座上，找到了一个最佳观赏角度，看着那女生举着酒杯跟随着音乐的节奏慢慢地摇摆着身体，一句诗词萦绕在心间：“南方有佳人，绝世而独立。一顾倾人城，再顾倾人国。”

鼓了半天勇气，KW还是不敢过去搭讪，情急之下只能把国宝叫来身边，婉转地表示了一下对那个女生的欣赏。国宝一听，拍着平平的胸膛就过去了，一杯香槟敬完之后，指了指KW的方向，接着拿出了手机扫描了那个女生的微信二维码，那一刻，KW紧张得连音乐都听不到了。

待得国宝胜利归来，KW忍住想要亲这兄弟的冲动，匆匆拿出了手机发送了好友请求。

"Hello，没想到你会那么爽快地给了微信，我是KW。"

"Hi，我是Nana，知道是你要的，我才给的。"

"不胜荣幸，我知道这样有些冒昧，但从你入场的那一刻，我的视线就没有离开过你。"

"哈哈，你都是用这招扣女的吗？"

"不不不，真的没有见过你这么漂亮的女生。"

"没关系呀，我也喜欢直接的人，因为我进来之后也一直在看你。"

"哈哈哈，那真的是缘分。你是什么星座的呀？我是双鱼座。"

"怪不得，我是跟你最合的天蝎座。"

…………

两人就这样，隔着一个卡座的距离，就着喧嚣的电音，开始了爱情里最美的暧昧阶段，出奇的是两人都没有陌生的感觉，仿佛两个久别重逢的老友，亲切地聊着关于对方的一切，直到台上的MC提醒大家压轴的DJZedd马上就要登台了。

“Nana，这个是我最爱的DJ之一，我们一起下舞台吧？”

“Wow, he is my idol too, let’s get the party started.”

接着他们就在两桌人目瞪口呆的眼神中很自然地牵起了手，一起走进了狂欢的人群。

人与人之间的缘分真的是种很奇妙的东西，有的人认识了一辈子，却始终只能是“hi,bye”friends。而有的人，见到的第一眼就会知道彼此是自己生命里有故事的人。

当Zedd脍炙人口的那首名曲Beautiful Now接近尾声，空中消散的烟花和场内不舍离去的人群都在提醒着KW，这浪漫动人的时刻即将圆满结束。他盛情地邀请Nana去跟自己的朋友们一起前往兰桂坊的zentral一起after party，却得到了一个她早已有约的失望答案。

4

兰桂坊最出名的酒吧zentral里，一众兄弟就着美酒和音乐尽情狂欢着，KW眼里却流露出了一丝落寞，那是对刚刚分开的Nana有种发自内心的想念，似乎身边的一切都提不起他任何兴致。

这个时候，突然有人从身后拍了他肩膀一下，还来不及转头，就听到了一个熟悉的天籁之音：“你相信所有的相遇都是久别重逢吗？”

Nana就像个天使般站在KW的身后，两人对视的那一刻，时间都凝固了，KW的脑袋里全是王家卫抄袭白落梅的那句经典台词：我俩的相遇就是久别重逢。

久别重逢的两人终于可以在zentral的舞池中毫无顾忌地释放着自己的快乐，享受着这动人的暧昧时光，两人的手一直牵着没有分开，在酒精的作用下，KW温柔地吻上了Nana，得到的是Nana甜蜜的回应。

喝多了，跳累了，KW拉着Nana回到卡座，让她坐在自己的腿上，两人开始天南海北地聊起天来，没想到在香港出生的Nana居然也是学识渊博，两人天文地理、历史政治聊得不亦乐乎，当然聊得最多的还是香港电影，果然是缘分使然，Nana最爱的导演，正是王家卫。

“KW，你知道吗？我之前在香港中文大学念书的时候，就是学校剧团的编剧，那个时候我写出来的剧本，还曾拿过香港的冠军，并且我们剧团代表香港去参加在加拿大的戏剧大赛，所以我知道你是写剧本的时候，心里总是感到很亲切，很想接近你。”Nana看着KW的眼睛微笑着说道。

KW摸了摸Nana的头，回道：“原来是职业关系让你想要接近我呀，我还一直以为是因为我帅呢，哈哈。”

Nana大笑：“我不喜欢帅哥，我只喜欢你。”

KW：“这句话，我怎么听着有点怪怪的？”

Nana：“对了，你没去过海洋公园吧，我明天正好休假，可以尽一下地主之谊，王家卫有个经典场景的咖啡店就在那周围，等玩好我带你去感受一下大神遗留下来的文艺气息吧。”

KW：“Nana，你真的是我的女神，哈哈，那就一言为定啦。”

这个时候，Poka提醒他们到了要散场的时间了，KW恋恋不舍地把Nana送回了家，在Nana家楼下，Nana并没有让他下车，在留下轻轻一吻后，独自下车离开了。

KW看着她的背影，突然感觉到眼前一片模糊，有些不真实的感觉，那感觉就像是《第一次亲密接触》里痞子蔡见到轻舞飞扬的感觉，真实却又有些模糊，想努力去抓却又感觉随时都会失去，也许这就是邂逅的那种不真实感，可能也是因为在乎所以害怕失去。

回到阿朴家之后，众人都取笑他今天又搂又抱却还不得分，KW笑骂着这些思想污浊的狗朋友，辩驳着真爱不争朝夕，缘分自有上天安排。

5

第二天一早，KW秉持着第一次约会千万不能迟到的基本原则提前半小时来到了海洋公园门口的售票处，先行买好了两张成人票。Nana秉持着女生约会一定会迟到的基本原则迟到了一个半小时，等得KW七窍生烟，不过焦虑的心情都在看到Nana的那一刻烟消云散了。只要能够见到自己喜欢的人，世间的一切等待都会显得无比渺小。

两人自然而然地牵起了手，往登山缆车走去，开始了两人第一次正式的约会。

两人像十八岁刚刚初恋的少男少女一样，甜蜜地一路将能玩的娱乐设施玩了个遍，路过篮球机的时候，KW还表演了一把百步穿杨的篮球技巧，给Nana赢取了一个很可爱的大熊，Nana开心地在他额头上留下一个香吻，抱着那个大熊直呼长得跟KW一样憨厚可爱，以后每天都会抱着它睡觉了。

当他们来到海洋公园里最著名的水族馆时，Nana开心地一手挽着KW，一手抱着大熊，时不时地左顾右盼，和那些隔着玻璃跟着他们巡游的各种鱼类打着招呼，英文、粤语一起上阵，生怕有些外地来的鱼类听不懂她的意思，KW在一旁只负责不断地大笑以及被拉着一起跟鱼儿们换着多国语言套着近乎。

当两人来到鲨鱼展览馆时，看到的是一只只海中霸王顺着自己的特定轨迹环游在玻璃四周，眼神空洞洞的，丝毫不顾玻璃后面的人群摆出什么迷人的姿势和发出多么令人迷醉的声音。

KW感觉到Nana突然间沉默下来，似乎一下子失去了兴致，于是他提议两人在观赏区的长椅上坐着休息一会儿。Nana顺从地坐了下来，靠在KW的肩头上，右手摩挲着小熊的白色绒毛，沉默不语地想着心事。

过了一会儿，KW试着开了个玩笑："Nana，你知道《一代宗师》里的那句经典台词'念念不忘，必有回响'吧，你看这一只只孤傲的鲨鱼，它们不也是在这方寸空间里发出自己族群特有的信号，期待得到那未知的回响吗？"

Nana叹了口气："人类真的是一种很残忍的动物，他们强行将这些本该属于海洋的生物关在这小小的空间里，驯服它们的野性，让它们变成了仅供人们观赏的行尸走肉。你相信吗？我能够从鲨鱼那空洞的眼神里看出它们的桀骜不驯以及它们对海洋的向往。"

KW笑了笑，说道："Nana，你没听说过鱼类只有七秒记忆吗？它们也许每七秒都在回忆前七秒我想的是什么，哪有时间去向往海洋啊？"

Nana终于被KW这荒谬的理论给逗笑了："你这是悖论，哈哈，但是讲真的，我真的羡慕鱼类只有七秒记忆，如果我是鱼，那么我就可以忘记之前的一切，只记得第一秒遇见的你，啥都不顾，也顾不上，只跟着一辈子游来游去。"

KW还来不及体会这句话的深刻含义，就被Nana一把拉起，抱着小熊牵着他一起往出口走去。

6

时近黄昏，两人踩着夕阳愉快地结束了海洋馆之旅，在Nana的提议以及KW的举双手赞同下，两人来到了王家卫不同电影里出现过好几次的香港茶餐厅。

老式的茶餐厅内弥漫着老式香港电影的氛围，周边的墙上悬挂着一些很久的电影海报以及老板与一些大导演、大明星拍的合照，其中赫然就有老板与脸上略带青涩的王家卫的合影。像有些没落的香港电影一样，即便在这个用餐时间，茶餐厅里的生意也不是太好，只有这些挂在墙上的旧照片闪着自带的光芒，昭示着过去的辉煌。

两人选了个靠窗边的位置，点了两杯冻鸳鸯和两碗咖喱鱼蛋。

饮料上来的那一刻，KW突然牵起了Nana的手，深情地说出了本来属于《阿飞正传》里张国荣的那句经典台词：“一九六〇年四月十六号下午三点之前一分钟你和我在一起，因为你我会记得这一分钟，从现在开始，让我们当一分钟的爱人。”

Nana浅笑安然，夹起一个鱼蛋塞进他嘴里，接着道：“二〇一七年三月十八号傍晚六点三十九分，这一分钟我们在一起，因为你我会记得这一分钟，从现在开始，让我们当一分钟的恋人。”

说完，Nana便靠近KW吻了上去，这一吻不带任何情色成分，有的只有两人灵魂上的甜蜜触碰，以及咖喱鱼蛋味。

“呃，唔该一共系九十八蚊，埋左单你地先继续锡得唔得？（不好意思，一共是九十八块，你们能不能埋完单再继续亲呢？）”上天派来的服务员打破了这个甜蜜的时刻，KW此刻只想把剩下的咖喱鱼蛋全塞进这个不知趣的服务员嘴里。

埋完单后，Nana平复了一下自己的心情，说道：“其实我昨晚回去就看了好多你发的朋友圈，虽然最后因为实在太多看睡着了，不过你每天发的原创段子都很好笑呀，我就很奇怪，为什么你在内地还没有火起来呢？”

KW听到这话沉默了半晌，才慢慢说道：“偌大一个中国，有才华的人实在是太多了，像我这种只会耍点小聪明的不出名编剧，想要出头实在是太难了，我这次来香港其实就是因为我的理想被一个肥头大耳的死肥猪给践踏了。”

Nana接道：“那你有没有想过先把自己的理想放在自己的内心深处，先解决好目前最现实的问题，再慢慢回来谈理想呢？”

这句话其实之前很多人跟KW说过，他之前的态度总是不屑一顾，但当Nana说出这句话时，他低头沉思起来，片刻之后才说：“也许我真的不适合做这一行吧，跟我同期出道的师弟，现在都已经在拍自己的第一部大电影了。”

“乖，李安没出名之前都被老婆养了好多年，周星驰为了拍上自己喜欢的电影甚至去做过好久的儿童节目主持人，你要相信，现在你所遭遇的一切，都是你将来成功的基础。”

KW这次真的被Nana折服了，这些原本应该都是他写出来安慰广大失足青少年的鸡汤，居然被她信手拈来。啼笑皆非之际，又有些小小的感动。

两人就这样在这个街边的老店里牵着手说着话，一直坐到午夜店铺打烊才依依不舍地分开，两人约好了第二天同一时间还在这个茶餐厅见面。

这个世界很大，像一个巨大的迷宫，你想在里面寻找那个命定的爱人，兜兜转转，却始终找不到；这个世界有时候又很小，像个小小的手握魔方，闭着眼随便扭扭，就能撞出五颜六色的爱情火花，遇见自己喜欢的人。

7

第二天中午，KW起床之后就去了阿朴家楼下的屈臣氏买好了一对发胶发蜡定型水，顺便还去旁边的ZARA买了天蓝色的衬衫，因为昨天他刚知道那是Nana最喜欢的颜色。

阿朴起来后看到收拾得整整齐齐的他吓了一跳："兄弟，你这是昨晚赌王上身了吗？要不要给你加个雪茄和墨镜？"

KW摸了摸自认为帅气无比的大背头："你说对了，我的Nana女神最喜欢的就是周润发的赌王造型，本王决定，今天就要进行最深情的世纪告白，你等着吃爸爸我的喜糖吧。"

"喜糖就算了，先预祝你今天别吃个闭门羹吧。"

阿朴这句玩笑话说得KW有些心虚，他赶忙拿出手机，给Nana弹去一个微信："早安，集Angelababy与老干妈于一身的完美女神，今天的约会时间还记得吧？"

这边，Nana盯着KW的微信看了好一会儿，转头看了看自己身边正在玩乐高的一个帅气小男孩，叹了口气，回道："早安，我那时不时王家卫上身的男神。你的灰姑娘不能再调皮了，南瓜马车就在台阶下，她要回到她那冰冷无情的家，与世隔绝了。"

KW收到微信松了口气，接着这个他认为是玩笑的话说："我的灰姑娘，我会顺着你掉下的那只水晶鞋找到你的，等会儿见。"

五点半，KW准时出现在昨天那个茶餐厅，餐厅里放着张国荣的《我》，心情舒畅的KW点了冻奶茶和鱼蛋，跟着哼了起来："我就是我，颜色不一样的烟火……"

六点半，KW看着远处的夕阳，拿出手机发了一条朋友圈：即使身背夕阳，也带耀眼光芒。他知道Nana会看他的朋友圈，虽然不会点赞留言，但也希望她能感受到自己内心那种期待见到她的迫切心情。

七点半，距离两人约定的时间已经过了一个多小时了，KW开始有些不安，之前发的几条微信Nana都没有回过，不过他的第六感告诉他，Nana一定是看到了。

当桌上的奶茶早已冷去，鱼蛋不再软弹，昨天那个讨人厌的服务员终于还是过来告知已经到了打烊时间，KW有些麻木地埋了单，走到街角的7-11买了一瓶捷克丹尼和一包万宝路爆珠，继续坐在已经熄了灯的茶餐厅门口的台阶上自个儿抽起了烟喝起了酒。

凌晨三点，陆续有醉鬼路过店门口，看到像失了魂似的KW都想上来交交朋友，KW戴着耳机抽着烟喝着酒，终于在第五个醉鬼路过的时候决定回家了。

出租车上，耳机里放着陈奕迅的《红玫瑰》："得不到的永远在骚动，被偏爱的都有恃无恐，玫瑰的红容易受伤的梦，握在手中流逝于指缝……"终于，借着酒劲，泪水轻轻地滑落在他的脸庞。

Nana不见了，就像她的出现一样，神秘而不真实，就像一阵风，那么真切地感受到她的存在，却还是风过了无痕。

失去了继续留在香港的理由，KW立刻订了回程机票，临起飞前，他发了一条朋友圈：人生就像一部单向列车，途中有人下车有人上车，虽然陪我到终点站的人不是你，但依然谢谢你曾经来过，goodbye my love。

他知道，Nana一定会看到的。

8

回到杭州的KW收拾了一下自己的心情，将这段注定无疾而终的邂逅放在了心底，却真的像Nana提醒他的那样，开始脚踏实地地朝自己的梦想不断发力，也遂了肥猪经理的心意写出了让他满意的狗血宫廷穿越剧，这一次主角终于得道升天，最后跟那个朝代的公主欧阳娜娜顺利结成连理。

当KW顺利收到稿费的时候，他拒绝了肥猪经理以及各路闻声而来的电影公司，开始闭关写一本关于Nana的小说，希望将来他可以亲自将这个故事搬上大银幕，用她那短暂的爱圆自己的梦想，小说名叫《请慢一点忘记我》。

时至年中，杭州的温度已经开始维稳在三十度以上，闷热的天气让在家吹着空调的KW都觉得心情有点躁动，他知道自己在这种情绪下是写不出好文章的，正思量着该去哪里走走呢，就接到了Poka打来的电话：“死仔，闭关闭得怎么样啦？你之前不是要听我和我前女友的爱情故事吗，不会放我鸽子了吧？”

KW笑道：“你这只狗，我都跟你说了你和××的故事在我的小说里占很大的比重，你却每天放我鸽子，还好意思说？”

Poka在电话那头笑了一会儿，说：“那你赶紧订张机票，后天我们大部队一起去台湾参加号称亚洲最大音乐节的Lootopia，百大DJ前二十来了一大半，到了现场喝一下香槟，情绪上来了，我慢慢跟你说我的故事呀。”

“哈哈，好，具体时间告诉我，台湾见啊，兄弟。”KW挂了电话，心想：真是想什么来什么，这大半年光顾着闭关写作，也再没去什么音乐节，讲真的，现在还真的有点想念这班兄弟了。

台北桃园机场的接机处，Poka和阿朴出人意料地举出了“欢迎暖心当红编剧loser KW”的欢迎牌，虽然依旧lose，但已经比半年前多了个温暖的抬头。

在车上，阿朴无意间问起关于Nana的事，KW笑了笑，沉默地看着窗外，心里出现了那个早已模糊的靓影，发现自己居然还有些心痛的感觉，大半年了，虽然总是强迫自己不再想起，但其实她早已住进了自己的灵魂里，不曾远去。

Poka笑着骂阿朴：“哪壶不开提哪壶，你看把我们的大编剧给郁闷的。”

KW也被逗笑了，回过头来故作认真地说：“世界这么小，没有什么是不可能的！说不定我们一下车就看到Nana在酒店门口抽烟呢，哼。”

阿朴接口道：“你写书写疯了吧，《非诚勿扰》上不是算过一个什么概率？你要在这个世界上遇到另一个人的可能性是小数点后面好多位，还有，加个百分号！”

“切，你们这些愚昧的人，1989年初，只有3％的德国人相信在有生之年能看到德国统一，那年十一月，柏林墙倒了。”嘴上虽然这么说，KW心中却也清楚，世界那么大，要偶遇一个人的概率基本可以等同于零。

车终于还是到了酒店门口，那里，并没有幻想中抽着烟的Nana。

9

“生而为人，无法自拔地活在各种桎梏里。每个人的人生都是一个望不到边的森林，我们在里面遇到形形色色的人。该走散的必会走散，会重逢的终会重逢……”

发完这条朋友圈，心中想着Nana看到这条时的心情，KW又感到了一阵无力感，赶紧甩了甩头，把这些负能量放在脑后，开始期待着半小时后的音乐节。

台湾Lootopia音乐节打着亚洲最大音乐节的金字招牌，主办方花了十几亿台币请来了百大DJ里的众多明星，其中就有去年排名第一和第二的小马丁和比利时基佬，在四个不同音乐元素的场地里整整炸上两天，不得不说是众多电音发烧友的狂欢盛宴。

当KW和阿朴等兄弟到达会场的时候，早先已经到达的澳大利亚好姐们儿Sophie早已经等在了VIP卡座的入口处，见大家都来了，便给每个人发了一个手环，说是一个同样从北京来的朋友订的卡座，也不介意大家一起玩耍。

到了卡座上，Sophie拉过一个正在看着菜单点酒的文艺眼镜男，介绍道："这是我北京的好哥们儿小陈总，小陈，这几个都是我澳大利亚特别好的哥们儿，都是自己人，不要怕生哈。"

小陈总扶了扶金丝眼镜，笑眯眯地说："你的好哥们儿就是我的好哥们儿，大家不要客气，一起玩，一起玩，哈哈。"

几个人都热情地和小陈总握了手，KW心想：这小胖子还挺可爱的，看来是个值得交的朋友。接着当他看到小陈总点的几十瓶黑桃A香槟被数十个礼仪小姐依次端上桌子的时候，便在心里认定了这个朋友。

香槟加电音，本该欢乐无比的场面，KW却还是有些提不起劲，直到小陈总端着一杯香槟神秘兮兮地来到他的身边，悄悄说："兄弟，我这次来还约了几个香港来的美女，每个都很漂亮，之后的事，看你的造化啦，哈哈。"

"香港来的？"KW听到这个熟悉的城市名，心中轻颤了一下，脑海里浮现出Nana的那句"久别重逢"，随即摇了摇头笑了，笑自己的幼稚与爱幻想，接着跟小陈总碰了杯一饮而尽，接着就听到他说："说曹操曹操到，她们来了。"

KW抬头望去的瞬间，像被一道闪电打进了天灵盖，一件很简单的白色短T恤，一条水洗的牛仔短裤，一双不能再普通的匡威球鞋，穿在那个让他魂牵梦绕的精致女生身上，当Nana施施然地走向他的时候，他的整个世界里只剩下这个迷人的小妖精，再也容不下其他任何东西。

Nana笑了："你来了。"

KW也笑了："你也来了。"

世间的一切重逢，其实都是早有谋划。

两人像在香港时一样，很默契地牵起了手，用另外一只手各自拿起了一满杯香槟，深情地一碰杯，接着将对彼此的思念都寄托在酒里，喝进了心里。

Poka看到这情景碰了碰阿朴，说："看他们这样，我真的有点想哭啊。"阿朴应声转过头，却早已泪流满面。

10

KW牵着Nana的手，两人坐在主舞台前的大草坪上，他们的周围都是因为比利时基佬压轴上台而狂欢不已的人群，周边却像有个被暖暖的爱意堆砌起来的围墙，别人进不了他们的小世界，他们也不想出去。

KW盯着Nana那完美的侧脸看了半天，终于还是忍不住问道："那天约定的茶餐厅你为什么没有来？我，很想你……"

Nana将头靠在了KW的肩膀上，找了一个最舒服的姿势，缓缓地说："我也想你，不过我不能去找你，就像今天过后，我也会再一次消失一样，我和你，不一样。"

"我想知道为什么，要不这段情会纠缠我一辈子，忘不掉的痛苦，我知道你可以理解。"

Nana抬起头，盯着KW的眼睛看了一会儿，笑了："你这个究根问底的小傻瓜，坐好了，我跟你说说我的故事，希望也对你的新书有帮助。"接着低头组织了一下语言，说出了属于她自己特有的故事。

2011年，Nana才21岁，遇到了一个很喜欢她的男生，虽然她对他感觉只是一般，但从小在单亲家庭长大的Nana也需要有个人在身边时不时地关心她，感受一些家庭没法给她的缺失的爱，于是她并没有排斥男生的追求，男生组织的朋友间的活动她也会偶尔到场参加。

有一次，男生告诉Nana，那天是他的生日，希望Nana可以到场，她准备了一个生日礼物，如期而至。

席间，男生和他的一众朋友不断地劝酒，Nana虽然不胜酒力，但想着总不能拂了寿星的面子，于是来酒便喝，没一会儿就喝多了，不省人事的那种。

第二天醒来，Nana赫然发现自己在那个男生的床上，一丝不挂。她并没有摇醒正在熟睡的男生，心里狠狠地责怪了一下自己，便悄悄地穿起衣服离开了，自己造的孽，怪不得别人。

那天下午，男生来到了Nana家楼下，苦苦哀求，说自己是真的爱她，希望她能给他一次机会，两人好好地在一起。Nana没有答应，只是冷冷地说不要再联系了。

本来以为此事可以告一段落了，谁知道两个月后，Nana因为有些发烧而去就医的时候，意外地发现自己已经有了两个月的身孕。

坚强的Nana并没有哭天喊地，而是冷静地给那个男生打了一个电话，叫他来陪自己打掉那个孩子，虽然觉得对不起这个还没见过世界的小生命，不过她也不能昧着自己的心去接受一个看不见的未来。

男生闻讯赶到医院的时候，又再次对Nana做出承诺，求她给他一个当爸爸的机会，他一定会好好地照顾他们母子俩。在得到Nana的再次拒绝后，他只能说正好他有个发小在这家医院妇产科，接着拿出了手机走到一边打起了电话。

妇产科内，医生坐在Nana和那个男生对面，拿着刚出炉的体检报告，有些凝重地叫两人做好心理准备，接着说出了一个让Nana崩溃的消息，他说Nana得了一种叫作重症肌无力的罕见病，这病最终也许会导致瘫痪以及无法再次怀孕。面对这突如其来的坏消息，Nana再也承受不住这段时间所带来的压力，痛哭出声。

回到家里，Nana心情复杂地告诉了她妈妈整件事情的经过，妈妈劝她把这个孩子生下来，并且好好地跟那个男生在一起。

就这样，Nana开始试着接受那个男生，并且在他的细心照料下顺利生下了一个七斤六两的大男孩，两人也在亲人的祝福下走进了婚礼的殿堂。

如果事情就这么完结了，倒也不失为一个完美的结局，一个负责任的男人挺身照顾一个随时都有可能瘫痪的妻子和刚刚出世的孩子，多么感人肺腑！然而就在两人结婚的第二年里，香港突然爆发了大面积的H7N9，Nana在看新闻的时候居然看到了原来给她体检并且断定她得了绝症的那个医生，居然出现在电视上，不过这次他戴着手铐，电视上的画外音提示着这个医生因为受贿滥用职权做了很多违反医德的事情。

Nana心里突然闪过一个不好的念头，她背着老公自己偷偷去了一次公立医院，检查之后才发现自己根本就没有得什么绝症，这所有的一切都是她老公为了留下她和孩子所编织的谎言。

回到家后的Nana十分悔恨，恨自己居然那么容易相信那个医生，没有再换个医院做个全面检查，她看着跪在自己面前请求原谅的老公和躺在保姆床上熟睡的孩子，心中混乱无比，不知道该怎么面对这个结局。

妈妈在一旁叹了口气，一再劝Nana不要破坏这个好不容易才组成的家庭。思索再三，Nana流着泪答应了妈妈的请求，毕竟，经历过单亲家庭的她，知道孩子懂事之后发现没有爸爸会有一种怎么样的心理遗憾，对孩子心智的成长会造成极大的影响。

故事说到这里，KW早已泪流满面，他紧紧地抱着Nana，享受着也许是这辈子他俩最后的相聚时刻，虽然特别心疼Nana那不堪的爱情，但破坏家庭的事情，他这个大男人做不出来。

音乐节散场的烟花如期而至，璀璨而短暂，动人而神伤。

“答应我，Nana，烟花燃尽时，让我们背对彼此各自向前走，不要回头，不要舍不得，带着对彼此最美好的回忆，你继续对你的家庭负责，而我也要去寻找下一个来到自己人生列车的乘客。”

“你一定要幸福，比我幸福。”

“祝你安好，至少比我要好。”

最后的烟花终于在空中绽放出了最美的芳华，两人的泪水也肆无忌惮地从脸上滑落，但两人像约定好的那样，背对着朝相反的方向走去，走出了彼此的生命。

| Part2 |

陪伴是最长情的关爱

命中注定我爱你

世人所说的儿女情长、不思进取，却有可能是某些人生命的全部。

问题的关键是，你有没有遇到那样一个人，即使有悖于世俗，即使千夫所指，即使众叛亲离，但你就是死心塌地地想和他在一起，除他之外，世间的一切皆为虚妄。

人这短短一辈子，能遇到个跟自己灵魂契合的人是多么难得，难就难点吧，苦就苦点吧，看法是别人的，感受是自己的，值不值得自己去体会，幸不幸福让时间去验证。

秋子收到了一张颜颜发来的微信截图，哭笑不得，内容如下：

颜颜：小哥哥在吗？

小哥哥：在鸭。小姐姐要买减肥药吗？

颜颜：看到这个鸭我就能想到你帅气高大、温柔体贴的模样。

小哥哥：呃，那个，小姐姐要买减肥药吗？

颜颜：先不说这个，我们先聊聊天。

小哥哥：嗯，好的，那小姐姐你想咨询减肥的事情吗？

颜颜：是这样的，我看了你的朋友圈，我猜你单身。

小哥哥：嗯？是单身，怎么了？

颜颜：我有一个姐妹，肤白、腿长、腰细，绝美，活儿好，不黏人，我想给你们做个媒。

小哥哥：呃，你朋友需要减肥药吗？

颜颜：她172，体重94，我猜应该不需要吧。

小哥哥：那你需要减肥药吗，小姐姐？

颜颜：我166，体重86，好像也不太需要吧。

小哥哥：滚，老娘是微商客服，你不买减肥药就删了吧。

颜颜：欸……（对方已开启了好友验证）

类似这样的截图每天都从颜颜、米莱和小乔那儿传来给秋子，大家都觉得秋子这么优秀的女生不应该单身，当然可能姐妹们也带有私心，毕竟之前颜颜就想找个帅哥，结果帅哥见到秋子之后便两眼放光，再也不理颜颜了。秋子也没办法，如果长得美也是一种错，那她真的错得彻底。

秋子说自己眼光不高，只是没有碰到合适的。每个闺密听了都想把她打死。帅的说奶油，有钱的说浮夸，有才华的说配不上人家，问题是别人一个个见到秋子后都神魂颠倒，给他们个烽火台绝对会戏诸侯的那种。

不过玩笑归玩笑，闺密们还是很保护秋子的，因为她太单纯了，也可以说是傻，真傻的那种傻。

说起爱情，就要说她上段奇葩往事，可以被摆上神坛的离奇“爱情”故事。

那是去年年中，几个闺密都被做音乐节项目的小易拉进了一个WCD音乐节的群，告诉她们不用聊天，更不用被人聊骚，在里面待着就行。说这些话的时候，小易的奸商气质体现得淋漓尽致，迷人的小眼睛闪烁着诚恳的光芒，碍于感情，几个闺密都没有退，反正也不用说话，花痴的米莱还可以在里面看看养眼的渣男们是怎么玩套路的。

有天起床，秋子收到了一条好友验证，是个卡通头像，双鱼座圣斗士阿布罗狄，身为天蝎座的秋子就傻乎乎地通过了——相信缘分的天蝎座一向如此。

打开朋友圈一看，不得了，这圣斗士全世界飞，看朋友圈，这两天正在比利时参加世界第一音乐节Tomorrow Land，各种照片拍得十分有品味却又不做作，但就是没有一张自己的正面照片。

秋子退出圣斗士的朋友圈，刚想把他删了，他的第一条语音就弹过来了：“你好，我叫Adam，很高兴认识你。”听声音还挺年轻的，而且是秋子喜欢的那种低沉的男人口音，带着点北方的口音。

就这么着，秋子跟他聊了起来，越聊越发现，这不就是传说中的灵魂伴侣吗？他们每天晚上都能聊上好几个小时，什么都能聊就算了，还什么都能跟她聊到点子上，虽然没见过面，朋友圈也没放他自己的照片，但秋子还是感觉自己恋爱了，那种精神上被完全征服的感觉，让她觉得就算对方长得像只猪也没有关系。

姐妹聚会的时候，秋子单方面宣布了自己恋爱的消息，几个爱八卦的姐妹很快把事情搞清楚了，接着打开Adam的朋友圈，开始做起了侦探，得到的结论是连一张照片都没有的朋友圈是不靠谱的，但秋子就是坚持自己谈恋爱了，谁说都没用，还拿出自己这段时间拍的照片，那都是Adam特地从“饿了吗”上面给她订的外卖、小礼物，还有玫瑰花。

颜颜发了个微信给小易，想确认一下，结果小易说他也不认识，不知道是谁加进群里的，小易以群主的名义加了他的微信，结果发现这人真是个百事通，聊什么都可以，还都可以将你聊舒服，最后小易下了半个结论：“看起来不像坏人，坏人要是那么博学，为啥还要选择做坏人呀？”

秋子傻乎乎地说：“你们真不用担心，我这么大个人了，还能被人骗啊？”

从闺密们表现在脸上的表情看得出来，这个真的是她们最大的担心。

晚上回家，秋子跟Adam说了闺密们的担忧，Adam笑了："没事，宝贝，等我回国之后马上去杭州看你和你的闺密们。对了，我给你买了个包，爱马仕的，邮寄加报关什么的，两周左右就能到杭州。"那一刻，秋子内心充满着感动，并不是因为包有多贵，而是那份收获爱情的喜悦心情。

将这个信息以及Adam传来的包的图片发到姐妹群里之后，大伙儿一起收了声，开始纷纷恭喜秋子生擒一只深情的双鱼座圣斗士。

一周之后，包还没收到，倒是Adam准备来杭州了，从多伦多起飞，在香港机场转一次后再飞杭州，登机前，Adam传了一张坐在头等舱上手指握在橙汁上的照片，手指干净而修长，照片清雅而不装×，横批：宝贝，等我。

十几个小时后，秋子在家梳妆打扮准备去迎接自己期待已久的爱情时，收到了一个显示香港座机号码的电话："喂，宝贝，咳咳，我把整个包落在飞机上了，上去找的时候已经不知道被谁拿走了。咳咳，急死了，手机、钱包都在里面！"

秋子一听也很着急，这钱包没了还好，手机没了该怎么联系呀？去机场举牌这种事情，她是打死也做不出来的。

商量了半天，最后Adam想了一个办法，让秋子打了7800块钱到一个账号上，据说那是一个香港机场手机销售员的账号，收到款后会给Adam拿一部苹果手机，秋子想都没想就转过去了，相对于爱马仕的包，这钱不算多。

有惊无险，Adam降落在了杭州萧山机场，拿着一部崭新的手机出现在秋子面前，虽然长相并不是秋子十分喜欢的那一种，但经过这段时间的恋爱铺垫，秋子还是很快地挽上他的手尽起了女朋友的义务，但Adam见到她后却没有太多地开口说话，秋子也并不在意，起飞前，他就跟她说过他得了重感冒，喉咙发炎，难受得很。

秋子告诉Adam，姐妹们已经组好了局，准备一起去唱个歌。Adam咳嗽着说，自己实在不舒服，直接回酒店吧。秋子想了想就答应了，给姐妹们发了一个微信说，今晚的局取消，让男朋友好好休息一下。

已经等在MAGO包厢的姐妹们有些错愕，商量了一下，还是觉得不放心，将叫来的几个朋友留在MAGO之后，三人去了秋子告诉她们的那个酒店。

几个人刚上到那个楼层，走向秋子所说的房间时，突然发现门打开了，她们赶紧躲在了一个掩体后面，这时就发现开门的那个男人小心翼翼地把门关上了，看了看空荡荡的走廊，接起了一个电话："嗯嗯，长得是真漂亮，还有点傻乎乎的。对，她没怎么怀疑，哈哈，应该马上就搞定了，她在洗澡呢，剩下的5000完事以后我转你。对了，我确定完事之后你再删她微信，以防万一。”

冲动的小乔听到这话马上冲了出去，那人拿着房卡刚想开门进去，就看到一个黑色的手提包由远及近飞到他脸上，紧接着颜颜和米莱也冲了出来，三人把那人推进房间，大叫着秋子赶紧穿好衣服出来。

披着浴巾的秋子错愕地看着从天而降的三个闺密和一脸惊慌失措的Adam，彻底蒙了。

一番盘问加看手机聊天记录之后，真相大白。

原来那圣斗士头像根本不是什么Adam，只是一个诈骗团伙的其中一个微信号，每天跟秋子聊天的也不是什么Adam，只是他们选择好的一个天蝎座的女生每天拿着变声器和秋子在聊天，女人本来就懂女人，哪是秋子自己臆想的什么灵魂伴侣？

爱马仕包当然也是假的，所以这个男人要选择在两周的快递期还没到之前来杭州，丢手机的事情当然也是假的，7800元转账却是实实在在地直接转给了诈骗团伙。

更奇葩的是，这个男人居然是个类似嫖客角色的人，那个诈骗组织把秋子所有的信息都传给了他，而他以一万块的价格买下了跟秋子的这段爱情，当然他想的只是这未得逞的一夜爱情。

被骗了财还没来得及被骗色的秋子叫闺密们报警之后便穿好衣服走出了酒店，什么狗屁爱情，什么灵魂伴侣，她在那一刻彻底地死了心。

几个月时间过去了，闺密们真的担心秋子的状态，于是便老给她介绍一些男朋友，她的心却再也起不了什么波澜，用她自己的话说，就是爱情在她这儿已经死了。

这段时间的秋子属于周伯通遇到瑛姑的状态，本来是个不问世事的老顽童，却因为不期而遇的爱情被搞得疯疯癫癫，不同的是他俩至少还生了个孩子，而秋子只是遇到个骗子。

体现在朋友圈上，这种疯癫的状态时常让朋友们十分担心，昨天发一个鸡汤，今天配一段丧文，明天三天可见，后天——后天发现秋子的分享位置居然已经到了泰国，位置上面是一段文字：这个世界上的灵魂伴侣其实原本都是一个苹果，上帝作弄他们，将他们切成两半，随便丢到世界上的任意两个角落，他们究其一生，都在努力寻找着彼此，很多人找不到就随便找个橙子找个鸭梨将就了。我不行，我要等那另一半苹果，虽然我已经不相信爱情了。

一段文字洋洋洒洒，却能读出痴痴傻傻，闺密们看了着急得很，却只得到她想一个人散散心的回复。众人没有办法，只能祈祷这傻姑娘能安全地回到杭州。

曼谷四季如春的暖阳照在秋子身上，她软绵绵地在咖啡店的沙发上伸了个懒腰，“什么鬼版本，升级之后就再也没有赢过”，这是她来泰国的第四天，也是她王者排位连输的第四天，四天之内无一胜绩，完美辜负了她的游戏名——星耀第一露娜，段位也从钻石掉到了黄金，所幸她并不在乎星星，就是想用游戏来冲淡现实的阴霾，变相地自我逃避。

正想下线回酒店，秋子收到了一个排位申请，申请人来自附近的人，游戏名“星耀第一猴”，她考虑了两秒钟，冲着至尊宝和紫霞仙子的缘分，她点了接受邀请。

排位开始，那人秒选了猴子，然后将常用的打野技能换成了“斩杀”，显然他是主动让出了打野位，因为露娜也是传统上的打野英雄。

秋子笑了笑，这种暖男套路小哥哥用得不错，那她就却之不恭地选了露娜打野，另外三个队友开起了玩笑，说这是神仙组合，要带他们躺赢了。

一局很快结束了，“星耀第一猴”当之无愧，10－2－6的战绩轻松拿下了MVP并且带队友们顺利躺赢。

很快，他又发出了第二局的游戏邀请，这次秋子没有同意，按了拒绝后，写的回复理由是：晕了，歇了。

下了线，秋子点了一杯啤酒，就着暖阳，让自己微醺地发着呆。

秋子回到曼谷凯宾斯基的一楼11号别墅，接着在每个底层别墅都相通的花园游泳池里游了一会儿，回到房间洗了个澡之后，她便穿着浴袍来到阳台上开了一瓶可乐，又打开了《王者荣耀》，上线的第一时间居然又收到了来自附近人的排位邀请，还是那个“星耀第一猴”。

进入选人页面之后，两人心照不宣地选好了角色，那人打字出来了：这么巧，你也上线了。

秋子回：嗯，我刚游完泳。
第一猴：我也是呀，现在在酒店阳台上。
其他三人：俩情侣别肉麻了，好好打游戏。

几分钟之后，赢了；开始第二把，又赢了；第三把，还是赢了……

当“你取得五连胜”的提示出现在秋子手机上时，秋子打出了“最后一把”，那人说，没问题，正好他也不想玩了。这时一个同伴打字问他俩：你们都是黄金段位，为啥叫星耀第一啥？秋子还没来得及回复，那人打出了一个让她有点恍惚的回答：我这个星耀不是段位的星耀，而是我在杭州所住的小区星耀城。

嗯，那也是秋子在杭州住了两年的小区——星耀城。

结束游戏之后，秋子赶紧下了线，在闺密群里发出了这个看起来有点无厘头的巧合，姐妹们一顿制止她的好奇心，小乔更是大喊着，肯定是那个犯罪集团回来报复了。秋子傻乎乎地笑着，心里却无比坚定，不会再陷入那灵魂伴侣的理想陷阱了。

第二天一早，秋子来到了酒店的餐厅，准备吃完这最后一顿早餐就出发去机场回杭州，刚到餐厅等待领位的时候，走过来一个盯着手机、带着些忧郁气质却看不出年龄的帅哥，秋子看了一眼就没有再看了，但从他没有关掉声音的手机上传来了《王者荣耀》里猴子特殊的三棒声。

“不可能那么巧吧？”这是秋子脑袋里闪过的最大问号，入座之后，她没有压抑住自己的好奇心，打开了《王者荣耀》，找到了最近对战人，看到了“星耀第一猴”正在游戏中。

她呆呆地看着屏幕，机械地往嘴巴里塞着各种新鲜水果，这时一个提示发过来了，正是那个猴打完了一把，邀请她打下一把，她没有接受邀请赶紧下了线，这时看到坐在她侧面的那个男生表情似乎有些错愕，几秒之后，也关了手机去餐台取自助餐了。

“昨天那个也住星耀城的第一猴，好像跟我住同一个酒店。”秋子发了这句话到闺密群里，最后放了个哭笑的表情，当然她知道这个点是收不到回复的，这几个闺密不到下午是肯定不起床的。

秋子摇了摇头，随便又吃了两口东西就起身回房间了，这种巧合，不要也罢。

奇怪的是那个男生似乎也没有在游戏上要她微信的意思，这点还是让秋子觉得十分舒服的，至少他没有表现出一副“老子游戏打得好，带你飞陪你睡”的猪哥气质。

“This is the final boarding reminder, passengers Qiuzi Chen & Congwen Shen, please proceed to your flight immediately, the plane will take off soon.（这是最后一次登机广播，请陈秋子和沈从文旅客马上登机，飞机马上要起飞了。）”

秋子听到之后慌慌忙忙地在群里说了一句“我要误机了”，就跑向登机口。她这马大哈的毛病，永远也改不掉。

她急匆匆地来到登机口，没想到居然看到早上遇见的那个男生边看着手机边跑向同一个方向，明显是《王者荣耀》没打完耽误了登机时间。

秋子一边跟明显不耐烦的空乘人员道着歉，一边看着那个走向舱门的背影，心想着：不会那么巧吧。

而下一秒，更巧的来了，她走到了头等舱第一排右边靠窗的位置，那个男生，第一排右边靠走道，俩人就坐隔壁。他抬头看了一眼秋子，有些吃惊。秋子翻了个白眼，跟服务员要了一双拖鞋一床毯子，交代服务员，下飞机前都不要叫醒她，怀着有些不知所措的心情，强行不给任何搭讪的机会，关机闭眼睡觉。

当空姐摇醒秋子的时候，她睁开眼睛有些迷糊，拉开毯子之后，左手碰掉个东西，她低头捡了起来，发现是一张铅笔素描，画的是她盖着毯子熟睡着的样子，画得很好、很传神，最上面是仿宋体的铅笔字“一期一会”，落款是一个飘逸的签名“沈从文”。

秋子将素描发进了群里，三个捣蛋鬼一片唏嘘：

颜颜：不可能这么巧合，绝对有鬼。

小乔：快看看包里手机还在吗？哦，在的哦，要不怎么发微信！

米莱：鬼鬼祟祟，但我还挺喜欢的，哈哈哈，不然你去要个微信？

秋子：别闹了，一次巧合是巧合，两次巧合是很巧合，三次巧合就肯定是有阴谋了……

虽然心里这么说，她自己心里却犯了嘀咕：除去人为阴谋，难道没有可能是上天安排的幸福阳谋吗？

颜颜的生日很快到了，身为处女座的她并不想把生日搞得尽人皆知，只邀请了几个平时玩得好的朋友，除去这几个闺密，就剩她表哥和冯二哥了，不是真的二哥，就是大家觉得他有点二的好朋友。

冯二哥来之前跟颜颜说要带个哥们儿，是他原来浙江美术学院的师哥。颜颜本来不想答应，后来想了想整天犯花痴看到帅哥走不动道的米莱，悻悻地同意了。

几个磨蹭鬼化妆洗头试一百套衣服最终选了第一套，姗姗来迟地降临包厢的时候，刚进门，秋子就听到了她最喜欢的《告白气球》，唱得还挺好听的，循声望去，就看到了一张略带点忧郁又有些熟悉的脸，又是他。

冯二哥一边大喊着“迟到罚酒”，一边将那人拉起来给大家介绍，每个人依次说了自己的名字，到秋子的时候，明显他的目光停滞了一下，接着露出了之前没有的微笑：“你好，我叫沈从文。”

几个闺密仿佛见了鬼：“你就是沈从文啊！二哥怎么从来没有带你出来过？”

二哥接道：“他是真正的神龙见首不见尾，谁知道哪天心血来潮就去伦敦广场画鸽子了，而且他从来不来这种局，是被我用大学寝室的裸体照骗来的。”

几个人不管二哥了，一起干过一杯酒之后就围在了沈从文身边，开始了惨无人道的灵魂拷问：

颜颜：“你哪年的，属什么？”

沈："85年，属牛的。"

小乔："太阳什么星座？上升什么星座？"

沈："太阳天蝎，上升狮子。"

米莱："住在哪儿？有老婆孩子吗？"

沈："呃，星耀城，没有。"

秋子："星耀城几栋几楼？"

沈："2栋16楼。"

众人："冯二哥，你这哥们儿什么时候进的诈骗集团你知道吗？"

每一个问题，都像细针一样默默地戳了一下秋子的小心脏，居然连住的楼层都一样，加上泰国的一个酒店相似的游戏账号，真是有点活在云端的不真实感。

十二点马上到了，大家开心地帮颜颜切了蛋糕，大家一起拍了个合照，秋子正巧站在沈从文身边，俩人身高合适，身材类似，假笑相似。

末了，沈从文拿了杯酒，走到秋子面前："第二次见你了，可不可以加一个微信？"

秋子犹豫了一下，喝干了手中的酒，扫了他的二维码，通过的一刹那，她看到了他朋友圈的签名：等待生命中的另一半苹果……

派对快结束的时候，调皮的颜颜叫沈从文送秋子回家，反正都住在星耀城，但是没说是同一层。

沈从文不好意思地笑笑说自己没有开车来，冯二哥听到，看了他一眼，他笑了笑说，那他先出去打车了。

十分钟之后，冯二哥背着逢喝必挂的小乔，带着已经喝多了唱着歌的几个人走出了MAGO，没想到一出门就看到了还在门口等着的沈从文，他不好意思地笑笑说，代驾找了半天都没找到，车还没来，接着就要送他们几个走到马路上去打车。

这时一部法拉利458从巷口开了进来，代驾打开窗户对他喊着："不好意思啊老板，停车场太大，真的很难找。"

沈从文尴尬得满脸通红，道了个别就赶紧上车了。

颜颜对着车比了个中指："装什么装呀，还没开车呢，送一下会死啊？"

冯二哥笑着说："他一直都是这样的，成熟，低调，情商高，你想这部车要送秋子只能让她坐副驾驶他的腿上，他为了避免这个尴尬才那么说的，还特地早一步离开包间，没想到碰到个上帝派来的代驾，哈哈哈。"

秋子站在旁边没有说话，心里不知道在想着什么，手机上的微信突然响了：不好意思，不是故意骗你们的，你们注意安全，晚安。

顺理成章地，之前发生过的世纪大骗局的桥段再次在秋子身上发生了，不同的是这次是真切的一个活生生的男人，相同的是两个人似乎像是失散好久的双胞胎，他们那么懂彼此，一样的待人处世态度，近乎相似的三观，以及福尔摩斯都找不出破绽的相同性格。

俩人每天都在聊天，见面聊，微信聊，连在电影院看电影的时候都能在同一时间说出编剧的意图、导演的陷阱，接着一起“哈哈哈哈哈哈”。

秋子这次却有些谨慎，不敢再像之前一样随便踏进爱情陷阱了，而且横在他们中间的还有一个最大的问题：他整整比自己大了十二岁。

有天晚上，他俩隔着同一座楼不到几十米的距离，各自躺在自己的床上发着微信。

秋子：你为什么两年没有交女朋友？
沈：第一个理由是宁缺毋滥，第二个理由是没有遇到你。哈哈哈哈哈。

秋子拿着手机大笑，每次到稍微敏感的话题时，俩人总是用这一大串哈哈来过渡。

沈：其实你觉得，被爱和懂得，哪一个更重要？

秋子：你明明知道答案，我们俩那么相似。当然是被爱。

沈：那你的爱情里主观因素还是客观因素重要？

秋子：千金难买姐开心，主观的爱当然大过客观因素——等等，你在给我下套。

说完，她想到了年龄这个因素，默默地叹了口气。

沈：你这么聪明肯定瞒不住你，我知道我比你大一轮，也只比你妈妈小十岁，但我觉得遇到契合的灵魂真的很难，而且还是在这么多的巧合之后，很难不相信这是上帝开恩在凑合他之前分开的那个苹果。

秋子：……

沈：我不急，时间会解决一切难题，我都等了那么多年了，真的不在乎这点时间，唯一的请求就是不管以什么身份，你都不要离开我，好吗？

秋子：嗯。其实，这也是我想说的话，哈哈哈哈哈。

接着俩人同时发了一个溜了溜了的表情，互道晚安后结束了整天没断过的对话。

姐妹团每天都关注着秋子这段突如其来的感情，大家都十分谨慎，各显神通找了好多身边的人问情况，小乔甚至还去派出所查了他的婚姻登记记录：未婚。

每个人的想法这次有了分歧，颜颜坚持要交往；小乔坚持有阴谋；米莱，呃，只想问他身边还有没有有才华长得帅的哥们儿。

秋子安慰她们不用着急，接着说出了自己对他的想法："他是一个领略过世界五彩斑斓，见识过世界的阴暗唏嘘，却还知世故而不世故的男人。他知识面比我广，却会很小心地呵护着我，用情商很高的回答让我知道了事情的答案却不会感到有任何自卑。他能一眼把我看透，跟我分享着他的经历，给我讲人生的意义，并且带着我一起成长。"

几个人听得一愣一愣的，这还是那个傻乎乎的秋子吗？怎么感觉在一夜之间成长了许多？不过下一句就破了功："而且，他还很有才华很帅呀，对不对？哈哈哈……"

秋子嘴上开着玩笑，内心却没有像开始时那么忐忑和戒备了，这种灵魂触碰的感觉很难用语言来形容，但它那么真实地细声呵护着秋子受过伤的小心灵，每一句话、每一个动作、每一次对视都那么恰到好处、顺其自然、水到渠成，所有能够用来形容相处融洽和谐的成语都可以用在他俩身上。

在俩人相识的第一个月，秋子收到了一束百合和一个不贵的小礼物，这种仪式感也是她所沉迷的，不过这次没有提前准备礼物，感觉自己输了一次。

秋子："明天我请你吃饭，不能拒绝，哼，我不能输。"

沈："哈哈，天蝎座这个性哟。没问题的。"说完，心里编织着明天尿遁去买单的画面。

秋子："你也别想偷偷去买单，要不以后都不要想看到我了。"

沈从文一头冷汗："好的，你赢了。那，bed time now？"

秋子："好的，拜拜。"

沈："哈哈，你真的每次都这样，难道告别不需要什么情感铺垫，生离死别、思虑再三之后再纠结地结束吗？"

秋子："因为我不想失望，而且我们也一定还会见到。"

沈："懂你，晚安啦，缺乏安全感的小猪猪。"

秋子拿着手机盯着闪着光的屏幕，大约十分钟后终于决定忠于自己的内心，打下了一句话，按下了发送键，却在同一时间收到了对面传来的一句话：

秋子：我不想再错过了，你可以娶我吗？

沈：我不想再错过了，你可以嫁给我吗？

爱情里的客观因素，除去被道德所束缚的部分，其他因素在真爱面前都不值得一提。那些要让你思前想后最终拒绝的爱情，都不是属于你的真正的爱情。

一个小小的人生建议：选择自己爱的那个而不是爱你的，懂得比被爱重要。

愿每一个秋子都能等来自己生命里的另一半苹果，愿每一个沈从文都坚持自己的等待，相信时光的安排。

上帝很调皮，切完苹果之后偷偷地看着呢。

幸福守恒定律

上天对每一个人都是公平的，幸福不会缺席，生活欠你的自会以另外某种形式偿还给你。

1

“舒曼，你快来看看我新写的剧本。”海子兴奋的声音回荡在狭小的房间里。

在离他一米不到的地方，正坐在小板凳上看着书的舒曼露出了微笑：“跟你说了多少遍了，别那么大声，隔壁的听到又得去跟房东告状了，到时候看你再去哪儿找这么便宜的合租房。”

海子的脸上带着兴奋：“不是，你快来看，这是我刚想出来的概念，绝对新，这次绝对能吸引到制片人。”

舒曼走了过去，拿起了一本厚厚的笔记本，上面是洋洋洒洒的手写文字：宇宙中有许多平行空间，每个空间里都存在着不同却又相同的自己。每个空间里的自己都是独一无二，一个鲜活的个体，或经历贫穷财富，或者开心悲伤，或者疾病健康，但这宇宙中的许多个你加起来幸福总量都是相同的。如果你此刻正经历着低潮与不幸，不用哀伤，也许其他空间的你正享受着快乐与幸福……

舒曼还没看完就笑了起来："傻瓜，你这写的啥科幻呢？写科幻你能写得过好莱坞呀？老老实实写你的爱情故事不好吗？"

"舒曼，你不懂，编剧最讲究的是感同身受，就像写词的，林夕或者方文山，哦，还有你喜欢的周杰伦，他们很多歌词里的故事都是自己亲身的经历。我现在算是发现了，以我到现在只有你这段恋爱经历来看，我是没指望写出太好的爱情剧本了，编的东西，情感铺垫肯定不如经历过的来得真实。"海子脸上还带着兴奋的表情，显然这个新的idea让他十分期待。

舒曼笑着合上了本子："得了吧你，啥道理都给你说完了，那你出去找个小三谈谈恋爱找找灵感呗。好了，你继续写吧，我准备去酒吧了。"

"嗯，你注意点安全，等十二点我接你去。"海子站了起来，帮她拿起了放在桌子上的头盔。

舒曼穿起了厚厚的绿色军大衣，戴上了棉帽和头盔，给了海子一个临别的拥抱，在他耳朵旁说了一句：“加油，你是最棒的！”接着迎着呼啸着的寒风，骑着电单车走了。

海子站在门口看着寒风中舒曼那娇小却有些倔强的背影，叹了口气，走回到地下室的小房间里，思绪却飘回了一年前。

2

“请问，海子先生，你谈过恋爱吗？”一个戴着金丝边眼镜、穿着衬衫西服的男人坐在办公桌的一头，笑着问坐在另外一边有些拘谨的海子。

“还没来得及谈，我就来北京了。”海子脸上的笑容，明显带着些尴尬。

“那我建议你先去谈场恋爱，再来写关于爱情的故事。还是谢谢你的诚意，如果没什么其他事情的话，我就不送你了，我马上还有一场会要开。”金丝边眼镜男人的脸上始终带着沉稳却略显官方的微笑。

海子低着头接过了一本手写的剧本，封面上是几个飘逸的仿宋体“爱情白皮书”。他走出办公室，看到了刚才没拦住他闯进来的那个小秘书，抱歉地笑了一下，正准备往外走，就听到后面传来了金丝边眼镜的吼声：“陈舒曼，你以后要再随便放乱七八糟的人进来，你自己准备好辞职信吧！”

海子摇了摇头，走到前台拿起了自己的一个行李编织袋，那是他所有的家当，然后走出了这个影视公司。

舒曼一脸郁闷地拿着垃圾袋走到楼梯间，刚丢完就发现了坐在后楼梯的海子，拿着他那个记事本写着什么。“我晕，你怎么还在这里？害我害得还不够惨吗？这可是我在北京找到的第一份实习工作。”

海子吓了一跳，抬起头来看到了舒曼，带着歉意的表情说：“对不起对不起，我是实在没地方去了，看到这儿有坐的地方，就想改改剧本。”

舒曼听他这么说反而不好意思了：“不好意思，我误会了。你是从哪儿来的？为什么会没地方去？”

“我从湖北来的，家里想让我回家里帮助务农，我却一直有个做导演的梦想，于是就带着自己写的剧本来北京了。走得急，只带了几百块钱，嘿嘿。”海子不好意思地摸了摸头，心里骂自己咋那么虚荣，明明自己的全部身家就那几百块。

舒曼带着点惊喜的表情说：“我也是湖北的呀，这么说我们还是老乡。那你在这儿坐着吧，我跟保洁员说一声让她不要赶你走，这点权限我还是有的。”

“谢谢，谢谢老乡。”

下班之后，舒曼特地经过楼梯间，发现海子还很专注地低头写着，也就没有打扰他，悄悄地走了。

3

舒曼在北京读的艺术类大学，大学期间就勤工俭学自己赚学费和生活费，大四那年，找了好多公司投了实习简历，在北京这个艺术生泛滥的文化中心，一个完全没有经验的小白想找一个对口的工作实在太难了，无奈之下，舒曼只能选择了一个想要招前台的小影视公司实习，骑驴找马地等待着其他就业机会。

海子的事情很快就被她遗忘了，她继续努力地赚着她的生活费和房租，在这个偌大的城市里卑微地生活着，即使这样，也不想回乡下过着一眼望得到头的日子。

这天，她经过一家楼下的湖北热干面店，竟然发现一个熟悉的面孔，是上次来自己公司投递剧本的海子。

俩人站在店门口，对望了一眼，都呆住了，手上端着碗热干面的海子先说了话：“你不是上次那个影视公司的老乡吗？你找到这儿来啦？是不是你们老板想要用我的本子啦？”

舒曼翻了一个白眼："你想多了，我就住在这后面。"

"海子，赶紧给客人上面，你干嘛呢？"老板的声音传了过来。

"来了。你等我一下啊，老乡，我忙一会儿就过来。"海子说完，匆匆地转身走了。

舒曼看了看表，没有等他，这个偏僻地方的地铁，错过了就要多等半小时，那上班就要迟到了。

海子忙完之后回到门口，却发现舒曼已经不见了，他边有些懊恼地摇摇头，边走回店里。

上次他从舒曼公司出来之后，因为舍不得花钱住旅馆，在车站旁的麦当劳店里待了两天，最后里面的员工忍无可忍要报警了，他才出来继续找容身的地方。

都已经这样了，海子也没有动任何想要回家的念头，他的导演编剧梦，被现实分割得支离破碎，却始终坚持抓着那些碎片，流着血硬着头皮往前走。

他就这么白天找各种大小影视公司毛遂自荐，被赶出来以后再随便找个地方凑合一夜，晚上改改他的剧本，白天继续寻找影视公司，最后终于花光了他带来的几百块，无奈之下，只能打电话给老家的朋友求救，朋友给了他这个湖北老乡的店面地址，老板总算是看在老乡的分上把他留下帮忙，晚上关门了就让他在店里铺个凉席睡觉，因为是夏天，倒也能凑合着睡。因为是包吃包住，工资给得很低，一个月1500元，没有休息假期。不过海子已经很满足了，至少有了个安身的地方。

海子除了在店里忙活的时间，就是坚持拿着他那本剧本，反复揣摩修改着，坚信一定有人愿意拍的。

4

自从舒曼知道那个老乡在热干面店打工之后，她经过时也会打个招呼，每次海子都很热情地给她打包一份热干面，时间不赶的时候俩人也会聊上两句。她发现海子虽然从农村来，但是很有思想，知识储备和逻辑关系甚至比自己公司里眼大过天的那几个编剧还要好，仿佛就没有他不懂的东西，一来二去。她也喜欢上了和他聊天，可以增长自己很多方面的知识。

海子小时候就开始读各种书，什么书都看，尤其喜欢看的是金庸的小说，因为没钱去买什么书，他就常去镇里面的图书馆，一看就是一天。十五岁那年第一次进电影院看了一场李安的《卧虎藏龙》，从此爱上了光和影，开始了自己的电影梦。

“海子，你除了上次给我看过的爱情剧本，其他故事类型也能写吗？”这天，舒曼来到面店里问海子。

海子跟老板说了一声，便拉着舒曼走出了店：“走，我们去旁边的小吃店坐坐，正好现在是我的晚餐时间。”

海子买了两瓶汽水、一盒辣翅，将中翅递给了舒曼：“这是我觉得做得最好也是最好吃的部分，你试试。”

舒曼笑着接过辣翅：“我们公司现在在征集关于校园的青春热血故事，你如果能写，我觉得是一个不错的机会。”

“校园呀，能写是能写的，但我总觉得剧情难免俗套，拍来拍去，就那么一点东西。嗯，我试试加点不一样的东西进去吧，晚上就给你出个大纲。”海子思索了一下答道。

“一个晚上就够吗？我看我们公司那些编剧一个个都是拖稿大王，永远都是要催稿的爷。”

“哈哈，一个大纲而已，两千字搞定，如果创意能被公司采纳，那么接下来再具体写剧本。我想东西快，写得也快，一晚上没问题的。”海子笑着说道。

第二天一早，舒曼路过面店的时候，海子已经将一份手抄本交给了舒曼，封面上写着“几个你”。

在公车上，舒曼翻看了一下大纲，说的是一个拥有多重人格的少年天才，原本低调地混迹在高中里，意外喜欢上校花之后决定不再隐藏而发生的一系列事件，中间有搞笑、温情、友谊、懵懂的初恋故事，全文叙事过程很新颖，开场的倒叙将人的眼球和好奇心第一时间调起，中段的顺叙和插叙安排得井井有条，最后的开放式结尾有些出人意料。

合上本子，舒曼在脑袋里就大纲过了一遍剧情，有些惊叹这么个好故事居然是在海子做完一天的工作后花了一晚上时间就想出来的，真有点珠玉蒙尘的味道。

到了公司之后，舒曼第一时间将本子递给了老板，并没有说海子的名字，只是说收到了一个投稿，按照正常程序，如果本子被采纳了，会有人联系舒曼找来那个编剧聊细节的。

5

时至深秋，北京的温度已经越来越低了，晚上睡觉时，海子要多加一床被子在地上才能感受到一点身体上的温暖，但他的心却无比温暖，因为他和舒曼的关系已经达到了好友以上恋人未满的程度，舒曼对海子的欣赏早已转化为爱意，与他相处的时候也是无比放松和开心；海子也很喜欢这个善解人意的女生，但出于自己的出身，没有勇气去表白，俩人就这么心照不宣地谁也不捅破最后那层窗户纸。

立冬那天，舒曼照例经过面店要跟海子说个早安，却发现海子早已经在原地踱着步避着寒等着她，看到她过来之后开心地笑着说早安，然后递上早已经准备好的一碗热腾腾的汤圆："北方冬至吃水饺，我们那儿吃汤圆，我也不知道你爱吃什么口味的，就把黑芝麻的红豆沙的和紫薯馅儿的各买了一份，嘿嘿。"

在这寒冷的冬日里，收到这么一份暖心的汤圆，舒曼从手上暖到心里，道了声谢谢，给了海子一个无比灿烂的微笑。海子看得有些呆了，缓过神来，舒曼已经提着汤圆去赶地铁了。

舒曼坐在公司的前台，边吃汤圆边笑着，旁边坐着的同事开她玩笑："你这小妮子一副怀春的表情，谈恋爱了吧？快点吃完，公司的影视发布会马上开始了。"

舒曼笑着打了她一下："别闹，八字没一撇呢。今天公司有发布会吗？怎么没有人通知我？"

同事也很纳闷："不清楚呀，不过听老板说你这两天应该是调休，不来上班的。"

"是的，他跟我说过调休的事情，反正我也没其他事，就来公司待着呗。"

吃完汤圆后，俩人一起来到了发布会现场。就在这栋楼的八层，公司租了一个会议室举办发布会。

舒曼来到现场之后，发现发布会马上就要开始了，老板看到舒曼从门里走进来时有些诧异，刚要走过来的时候，全场的掌声已经响了起来，他无奈地转身走上了演讲台。

一番客套之后，老板进入了正题："这一次的剧本是由我们公司的金牌编剧李小蒙亲自编写的。"李小蒙在掌声中站起来向全场致意，一副得意的表情，老板接着说，"那么我们请李大编剧上台给我们说一下这个创意。"

李小蒙走上台后清了清嗓子，接着将脸靠近麦克风："这次的剧本故事是我根据我高中时期的真实故事改编的，因为是亲身经历，所以电影里的很多故事和情感都显得无比真实。我可以稍微透露一下大概的剧情，说的是一个拥有多重人格的少年天才，原本低调地混迹在高中里，意外喜欢上校花之后决定不再隐藏而发生的一系列事件……"

台下其他人听到这个创意时都在用力鼓掌，舒曼的脑袋里却嗡的一声，接着什么都听不到了。

6

傍晚，舒曼冷着脸走到了面店门口，叫出了正在店里忙着的海子："你晚上几点下班？我们去旁边的小酒吧坐坐吧。"

海子是知道那间小酒吧的，但从来没有去过，在北京这个地方，小酒吧的收费也不是他的工资可以随意消费得起的，不过他还是点了点头，对于舒曼的要求，他从来不会拒绝。

晚上面店打烊之后，海子特地找出了一件压箱底的天蓝色衬衫，还郑重其事地搞了个发型，便往小酒吧去了。

舒曼已经在里面等着他了，面前摆着一瓶喝到一半的富佳白，脸上有些微红，灯光一照，海子觉得美极了。

坐下之后，舒曼说道："你先看看要喝什么，这啤酒是我喜欢的，我喜欢它里面的蜂蜜味。"

"那我也就来这个吧。"海子笑着应道，眼睛瞟过菜单，看到那瓶啤酒的图片下赫然写着55元，一瓶啤酒就抵他一天的工资了，他情不自禁地咽了一下口水。

舒曼心情好像不是太好，一瓶啤酒碰了两次就见了底，她又叫了两瓶，海子心里琢磨着这又多白干两天活儿了，不过他丝毫没有表现出不开心，还是陪着舒曼安静地喝着酒。

过了一会儿，舒曼红着脸看着窗外，海子也顺着她的目光看去，外面却什么都没有，这时舒曼开口了："我今天辞职了。"

“啊？为什么啊？”海子有些讶异。

“我要先跟你说声对不起，你能原谅我吗？”

海子有些莫名其妙，却还是点了点头。

“你上次给我的那个校园剧本，我拿去给公司老板看了。”舒曼将眼神转了回来，却还是不敢看向海子。

“哦哦，那事啊，也有几个月了吧，你不说我都快忘了，哈哈。”海子天真地笑了起来，“难道被录用了吗？”

“没有。是被剽窃了，整个想法被公司的编剧剽窃了，因为没有做知识产权备案，我们没有任何办法。”舒曼咬了咬自己的嘴唇，拿起啤酒一口气喝了大半瓶。

海子听完沉默了一会儿，也一口气喝了大半瓶酒，接着说道：“你完全不用放在心上，你也知道那本子就花了一晚上，这种本子我随便写写都有的，哈哈，而且给他的也只是个大纲，有很多细节在里面是没有的，那个编剧拿了也没太大用的，哈哈，来来来，喝酒吧。”

舒曼听到这些话，终于直视海子了，她知道海子的内心一定没有他表现出来的那么平静，因为她知道海子一直等着的就是这么个机会，他说出来的话表现出来的不在意都是为了安慰自己。

舒曼的眼睛有点红了，她举起酒杯跟海子碰了一下，俩人喝光了瓶子里的酒，舒曼的声音像天籁一样传进了海子的耳朵里：“我们在一起吧。”

谋划已久的告白可能都是套路，顺其自然的相爱往往才是爱情。

7

十一点半的闹钟响起，打断了海子的回忆，一年了，老乡的面店早已转手，舒曼找到了一个群居房，一个一百平方米的房间改成了六个单间，和海子蜗居在里面。

丢了工作的海子埋头在家创作剧本，本子倒是写了好多，但投递出去之后总是未果，他也想出去找工作，但舒曼不愿意，坚持自己打些零工和晚上去小酒吧驻唱养活俩人，虽然活得有些苦，但俩人倒也乐在其中。

海子披上了舒曼给他买的羽绒服，出门去接舒曼，她下班了。

到了酒吧，舒曼正准备唱最后一首歌：“这最后一首歌是我男朋友写给我的原创，他是一个很有想法和志向的编剧，希望在场的有相关行业的人可以不吝推荐一下。好了，最后一首歌：《乘着爱情飘飞的梦想》，送给你们。”

海子就傻傻地在台下站着，听着自己给舒曼写的歌，傻乎乎地笑着。

曲必，舒曼鞠了个躬，又在台上稍微等了一会儿，发现并没有人有意向说任何东西，于是走下台来，走向了海子，报以一个略带歉意的微笑，海子竖起大拇指，牵起她的手，俩人走出了酒吧。

海子骑着车，舒曼在后面抱着他。冬夜里的路上，并没有太多人，昏黄的路灯映着俩人相依的影子，构成了一幅温馨幸福的画面。

海子把头往后偏了偏：“曼曼，我这在家也待了几个月了，我感觉电影这件事离我越来越远。我想放弃这个梦想了，踏踏实实地在北京找个工作，别让你一个人去赚钱养两个人，太辛苦了。”

舒曼在后座掐了他一下：“李安还四十几岁才拍第一部电影呢，那之前不也是他老婆一直养着他？虽然我赚得不多，但肯定够咱俩生活了不是？我最看好的就是你的才华，只是现在还没有其他人看到，但那不能成为你放弃的理由。”

海子有些感动，却还是说：“你的看好是加了私人的爱意在里面的，不算数，我还是觉得我应该出去找工作，要不这样，剧本我坚持写，但有好的工作机会我就去，你看行不？”

舒曼沉默了一会儿：“好吧，反正你不能放弃你的电影梦，那可是我们一起坚持了那么久的东西。”

“好嘞。”海子看舒曼同意了也十分开心，寒夜里的风打在脸上也感觉没有那么冷了。

8

由于没有文凭，海子找不到太好的工作，脑袋灵光的他想到了去淘宝上进冬天可以戴的手套、棉帽，再找个大学城附近的地摊位，做学生的生意。

回家跟舒曼一商量，她二话不说就拿出自己存下来的私房钱，给海子进货租摊位，钱不多，进完货就所剩无几了，租个摊位是没指望了。

海子脑子转得快，没有固定的就用流动模式，自己用别人丢弃的木质家具做了个简易的木架子，可以背在身上，底下有个小支架，看到环境好、人流多的地方就停下支起来做买卖，因为东西卖得不贵质量也不错，第一周就赚出了一个月的房租。

在做买卖的过程中还有个意外之喜，在跟一个学生顾客闲聊的时候，海子告诉他，自己在写剧本，那个叫大志的学生正巧是在学校学导演的，俩人聊得很投机，互相交换了联系方式，大志也许诺如果有作品要拍一定会联系海子，末了跟海子要了副免费手套，海子傻乎乎地答应了。

晚上海子接舒曼回家，跟她说了白天的事，舒曼大笑着骂他傻，他还是傻乎乎地笑，坚持着他看人不会错，那人的气质就是导演，还会是很成功的那种。

接着海子拿出个装着很多零钱的黑色袋子，开心地跟舒曼分享着这周赚的钱，幻想着多做两个月就能回本了，还可以给自己买台电脑写剧本，多出来的钱准备给舒曼买些化妆品啥的，他心疼她，跟着自己真的太苦了。

舒曼笑嘻嘻地帮他揉着肩膀，流动的木架很重，海子每天坚持走好几个地方，除了挨冻，就数这肩膀最累了，每天回到家都红通通的，舒曼总会拿热毛巾给他敷敷。

俩人吃完了前两天剩下的饭菜，庆幸着终于赶在变质前消灭了它们，俩人牵着手在都快挪不动身体的小房间里不停地交换着位置，权当散步消化了。

不大的床上，舒曼躺在海子的胸膛上，听着海子说他未来的计划，这是一天里俩人最平静的时光。

“我那个平行时空的剧本已经构思得差不多了，同一个人的五种平行时空形态，在一个彗星到来地球之际，时空突然发生了前所未有的变化，五个时空的同一个人在同一个时空见面了……”海子抱着舒曼，越想越兴奋，睡觉前的心得分享，已经变成了他一天里少有的快乐时光。

舒曼温柔地斜着头看着海子带有棱角的侧脸，虽然俩人生活得很苦，但她相信这个男人总会有成功的一天，即使路还很长，但他坚持梦想的样子，真的很迷人。

舒曼轻声说：“海子，我特别喜欢躺在你怀里听你说梦想的时候，这瞬间的幸福，让人欲罢不能，就想永远这么躺在你怀里，那么人生就圆满了。”

海子有些感动地摸了摸她的头：“放心吧，只要我们俩人一起坚持，什么困难在我们的爱面前都不是困难。”

俩人对视一笑，轻轻一吻，窗外的乌云懂事地遮住了月亮，为他俩关上了灯。

9

海子没有想到，他说的困难那么快就来了。

这天他又碰到了未来的大导演大志，大志告诉他，自己想拍一个关于校园的小本子，脑筋转得很快的海子在大志构思的基础上帮他出谋划策，建议他在剧情上加入一些学生该有的血性，简单的武打场面是少不了的。

剧本上的武打场景还没实现，现实中倒是先预演了一把。

俩人聊得性起之际，没注意到周围的小摊贩都收拾东西急忙走人了，到海子发觉情况不对时，已经有几个黑着脸的城管站在他俩面前，想走也走不掉了。

领头的那个城管一副高高在上的样子："不知道这里不能摆摊吗？"

海子赔着笑："不好意思，带着货路过，碰到朋友就停下来聊了两句。"

"路过，你需要支起木棍？是你傻还是我傻？"

"真对不起大哥，我现在马上走。"

"谁特么是你大哥呢？把东西都给我没收了，人带走。"那个城管指使着跟随而来的手下。

大志看不过去了："你这态度也太嚣张了吧，你是城管还是土匪呢？"

城管一指大志："这个人也一并带走。"

几个人拥上来要收东西带人，大志往前一站，要上去理论的时候，被其中一个人推了一把。看不了朋友被欺负的海子生气地冲了上去，一番混战之后，警察来了，将所有人都带回了警察局。

调解的结果是没收了海子的摊位，还要赔偿城管提出的两万块钱医药费，要不就要拘留十五天，并且留刑事案底。

海子打死也不交，没收摊位已经把刚刚成形的美好生活化作了泡影，再要赔两万块，那真是要了他的命，主要问题是，两万块，他和舒曼都没有。

就这么拖了五六个小时，警察失去了耐性，在给海子戴上手铐准备转拘留所的那一刻，舒曼拿着东凑西借的一万八千块钱来了，哀求了城管半天，终于用这些钱把海子给保了出来，避免了牢狱之灾。

路上，海子闷闷不乐："为什么要去借钱给他们？我们该怎么去还这些钱？"

"钱没了可以再努力去赚，你要有了案底，以后谁还敢用你的本子，去找你做导演拍戏？"

海子眼睛红了，这个世界，有时候充满着对老实人的恶意。

10

生活在开完海子和舒曼的玩笑后继续强奸着他俩，这俩小情侣为了还债，每天除了睡觉就是找各种事情来做，海子连本子都没有时间去投递。

舒曼在驻唱的基础上又多找了一个白天的音乐教学工作，每天三个小时教小孩子声乐，虽然不是什么体力活儿，但最累的是超负荷的嗓子，每天海子都会给她准备好胖大海，叮嘱她一定要保护好嗓子。

海子就更厉害了，不需要文凭的工作基本都被他做了个遍：洗车，快递，洗碗，发传单，便利店收银员，夜班保安，靠着年轻的体力支撑着自己，虽然每个工作工资都不是很高，但积少成多地慢慢还着债，本子是没时间写了，每天回到家累得跟狗一样，倒头就睡。

就这么坚持了四个月，债慢慢还得差不多了，舒曼心疼海子，叫他辞去了几个最累的工作，并且一直鼓励他继续创作剧本，坚持他的导演梦想。

贫贱夫妻百事哀这种事，并没有发生在海子和舒曼的身上，梦想支撑着他们的爱情，即使生活得很苦，但他们坚信着幸福守恒定律，此刻的苦必定会在未来的某一天等量地回报在他们身上。

上天没有让他们等太久，一个生命中的转机如约而至。

这天，有段时间没联系的大志突然给海子打来了电话："老铁，你最近忙啥呢？"

海子放下手上的洗车水管走出了洗车店："打工赚钱呢，哈哈。志哥，好久没听到您声音了，最近好吗？"

"好着呢。跟你说个事，我俩上次一起研究出来的校园剧本拿了我们学校的最佳剧本和最佳导演奖。"

"哇，恭喜志哥，我就说你一定会是未来的大导演吧。"因为自己也算参与过剧本的补充，所以海子与有荣焉。

"这事另说，获奖之后，有个电影公司找上我了，想拍一个文艺爱情电影，但是希望能在西藏拍摄，你能就着西藏给写个本子不？有稿费的，兄弟，不过肯定不会多，也就几百万投资的剧，你懂的。"

海子思索了一下，答应大志在两天内给他个故事大纲，要是他觉得能用，就写完整的剧本给他。

挂了电话，海子第一时间给舒曼发了个短信，虽然还不知道能不能写、会不会用，但这个开始已经是个不错的消息了。

舒曼马上回了一条鼓励的短信，海子悄悄握了握拳，转身去跟洗车店老板请假了。

11

机场高速上，大志坐在前面，从倒车镜里看到舒曼依偎在海子身旁，海子的手紧紧地握着她的手，神情间有些紧张，大志调侃道：“你们这对小情侣真是羡煞旁人，就一个月的拍摄时间，居然这么恋恋不舍。”

海子回道：“不是，志哥，我第一次坐飞机有点紧张。”

大志：“……”

舒曼把他们送到了登机口，交代了海子一定要听大志的话，好好地把自己的第一部作品拍好，不用担心她，要照顾好自己。

海子突然感觉鼻子有点酸，自从他俩在一起之后就再也没有分开过一天，这一走一个月，确实有些难受。

“好啦，别腻歪了，飞机都要起飞了，放心，曼曼，你家海子就交给我吧。”大志在一旁等不及了。

舒曼笑了一下：“好了，快去吧，期待你的作品。”

海子点点头，拍了拍随身的小挎包，里面静静地躺着一本《葬花藏爱》，那是他三天赶出来的一个剧本，大志看完第一时间就爱上的故事。

大志给他俩高个子订的是安全出口的位置，入座后，一个长得很清秀的空姐就照例对坐在窗口的海子讲解“安全出口须知”，海子认真地听，甚至还提出了问题，闹得空姐有些脸红，大志在旁边大笑不止。

“你这小子，刚跟曼曼分开就开始泡妞啦，不老实哟。”

“啊？”海子有些错愕，“我这不是第一次坐飞机嘛，很多事情要问清楚的。”

大志又笑了，拍了拍他的肩：“你放心，以你的才华，只是被这个世界低估了，当你一飞冲天的时候，记得带上哥哥。咱们以后可是出入都要坐头等舱的人。”

海子没有在意大志的侃侃而谈，他望着窗外的风景随着飞机的滑行不断退后，最终随着飞机的升空而看不见，越来越接近的云层那么真切地出现在他的眼前，他的心里再也没有飞行的紧张感，取而代之的是即将开始实现自己梦想的兴奋感。

12

正式开拍了几天，问题接踵而至：导演大志是个初出茅庐的实习生，吸引不来演技好的演员；编剧海子名不见经传，却对剧情表现力的要求力争完美；因为是个小投资的文艺片，天价的大流量明星是请不来的，男一找的是一个国家二级演员，属于平时很少有人会找他演戏的那种，当大志找到他时却还是费了一番口舌才让他接受并不是很高的片酬，结果到了现场之后就乱了，几个简单的镜头拍了好多遍就是无法达到海子的意境和大志的要求，拍摄进度严重拖慢，海子和大志还得哄着这个爷，这部片子可是他们理想的起点。

大志积压的情绪终于在拍摄一个关键剧情的时候爆发了。

这个情景在海子剧本上的呈现是：

（外景 草原上 白天

一白看着穆睫，微笑了一下没有说话，给了个忧郁的眼神，转身离开。）

整个场景没有对白，主要就是靠演员的演技去展现不舍却又无奈的不得不走的感觉。

大志在跟男一说完该表现的情绪后就安排剧组开机拍摄，结果这不到二十秒的剧情愣是拍了六次都不满意，演员的表现力太差了。

大志忍不住发了飙，男一同时也发了飙：“一个镜头而已，至于吗？”

大志刚想回嘴，海子把他按住了：“算了，我来说戏示范一遍吧，毕竟是我的稿子，该是怎么样的情绪我最懂。”

海子闭起眼睛酝酿了一下情绪，将穆睫想象成了舒曼，心中想着如果有一天她因为无法忍受自己能够带给她的生活而离开了自己，那么……

当海子睁开眼睛的那一刻，他深情地凝视了一眼穆睫，接着嘴角勾起了一丝微笑，嘴唇微张了一下却没有发出声音，然后轻轻耸耸肩，慢慢转身的那一刻又定睛看了一眼穆睫，接着再没有犹豫，转身大步离开。

大志惊呆了，过了几秒钟问同样惊呆的摄影师：“开机了吗？拍下来了吗？你特么为什么不开机啊！”

海子用十几秒钟征服了整个剧组，大志用一晚上苦口婆心地说服了海子由编剧转成了男主兼导演助理，顺便叫原来那个眼高手低的男一滚了，也算是出了一口恶气。

海子一开始死活都不同意，开什么玩笑呀？导演和编剧梦还没启动，咋就变成演员了？最终让他下决心的还是舒曼的一个电话，不知道大志在那头对舒曼下了什么迷魂药。

接下来的拍摄出人意料地顺利，大志终于在预算之内完成了所有拍摄，当然这里面没有包括海子的片酬，他不知道该给多少，也没啥钱给了，海子不知道该怎么收，也没有要。

13

海子走出机场的第一刻就看到了舒曼，俩人紧紧地拥抱在一起，一个月来累积的思念终于在此刻找到了宣泄口。

“你瘦了。”两个人居然同时说出了这句话，说完，俩人都笑了。

俩人回到了那个拥挤的群居房，海子没有因为做了编剧当了男主角而有任何变化，舒曼也没有说太多关于这方面的事情，他们都没有太多的功利心，也不会把生活寄望在那些不切实际的幻想上，彼此能一直依偎着向前走才是最重要的。

第二天，海子又回到了他之前打工的洗车店，笑嘻嘻地把准备好的一包中华递给店长，寒暄了几句，马上换上工作服洗起了车。

这个工作，舒曼本来不让他做了，编剧的费用加上大志最后申请下来的三万块钱主演费用已经让他们不会像以往那么拮据了，但海子坚持要回来，他想多存点钱，给舒曼更好的生活。

舒曼因为老顾客的喜欢和点唱，也被老板加了工资，现在她的最后一首歌换了，换成了海子在西藏给她写的一首新歌，叫《幸福守恒定律》，据海子说，是他在海拔十分高的山顶缺着氧想着舒曼写出来的，歌词里带入了他们从认识第一天到那时的状态和心理变化，不变的是俩人紧紧相依的心，歌曲高潮处的歌词，是海子情真意切地感谢舒曼这一路的陪伴，经常唱进在场客人的心里，眼泪流了，小费也就有了。

春节的时候，海子带舒曼回家看了趟爸妈，固执的爸爸也因为这个善良美丽的媳妇而打开了一直以来不想海子北漂的心结，妈妈更是开心得不得了，叮嘱着这么好的媳妇千万不能搞丢了。

回到北京以后，海子收到了大志的电话，俩人约在了舒曼打工的酒吧见面。

年后的北漂们都回北京了，过年期间累积的情绪需要好好释放一下，于是酒吧早已经满座，舒曼跟经理特地走了后门才搞到一个离舞台有点远的位置，海子点了半打啤酒，看着姗姗来迟的大志走了进来。

大志一拍海子的肩膀：“你小子，越来越精神了。”

海子傻乎乎地笑，举起酒杯："志哥，我敬您，我有个好消息要告诉你。"

"哎哟哟，我这儿也有个好消息，好了，你先说吧。"大志喝完了面前满杯的酒。

"我要结婚了，嘿嘿，舒曼答应我了。"海子说这话的时候，脸上笑开了花。

大志站起来给了海子一个拥抱，还朝舞台舒曼站的方向行了个注目礼："也不知道舒曼这么好的丫头喜欢你什么，哈哈。不过真的要恭喜你们。我的这个好消息就当我给你们的新婚礼物吧——我们拍的那部片，入围了长春电影节，并且还一次性入选了最佳导演、最佳剧本和最佳男主角。好家伙，你可是两个奖项的候选人啊。"

海子听了也没说什么，傻乎乎地笑了会儿，跟大志说："志哥，谢谢你，来，我们干了这杯酒，我们听舒曼这最后一首歌。"

舒曼已经在台上开始致辞："这是我今晚唱的最后一首歌，名字叫《幸福守恒定律》，是我的未婚夫海子写给我的，希望所有处在低谷的人都不要放弃追求幸福的动力，即使生活再苦再难也不要放弃你心里深爱的那个人，只要坚持，幸福就永远不会缺席。"

爱的始终

始于想念，终于陪伴——这个世界上几乎所有的东西都会过期，过期的凤梨罐头，过期的酒心巧克力，还有过了期的爱情。

在关于爱情的类目里，有一个元素不会过期，那就是想念，你可以不让我见你，你可以不听我说我爱你，但你不能阻止我想你。

想念往往是被动的，它总是在不经意间出现——也许是一首歌，也许是一部电影，也可能只是一个闭眼的瞬间。

1

“好的，老妈，我知道了，正在找，真的正在找，放心吧，前两天还见了个同事推荐的，银行上班的，现在正在接触呢，都挺好的，您放心吧，年底，肯定会带个人回家的。”陈姜涵挂了电话，揉了揉已经快要炸裂的头，这已经是今天的第二次催婚了，第一次在早上，爸爸出门打完太极之后。

陈姜涵今年32岁，26岁那年回国，跟他一起回来的还有他那时候的女朋友，他俩在一起三年了，结婚在大家看来只是时间问题。既然是水到渠成的事，陈姜涵也就忙着自己在中国刚刚开起来的公司，不太管女朋友去哪儿玩跟谁玩什么，有时候晚上不回家也觉得她应该是去闺密那儿了。

摩羯座的陈姜涵是个略带偏执的工作狂，大学毕业后就已经在国外开了公司，成绩斐然。借着国内经济快速发展的契机回国继续创业，以为凭着自己的才智能够很轻松地打开一片天，不承想国内的市场与国外不同，国内的办事方式也和国外大不同，导致回国几个月就快把在国外累积的起始资金给亏光了。在这种没有料想到的情况下，他更是将大部分精力放在了工作上，跟女朋友见面的时间也越来越少，只是很单纯地以为等时间差不多了去领个证回家办个酒席就好了。

终于在回国的第四个月时，迟钝的陈姜涵发现了女朋友有一些反常，似乎不着家的时间越来越多，连平时打电话都经常是找不到人，后知后觉的他感到了一丝不安，想到的补救办法是提前买好了求婚戒指，准备在跨年夜朋友们都在的时候跟女朋友求婚。

2013年12月31日，当旧的一年结束，新年钟声敲响，烟花飘上天空的时候，陈姜涵深情地跪在女朋友面前，身边的朋友们鼓掌起哄，却只换来了她的一句：“对不起。”

三年的感情用一句话就结束了，灯灭了，烟散了，人走了，心死了。

分手后的陈姜涵几乎把所有的时间都用在了工作上，当一个人的专注度达到可怕的程度时，公司的业绩也随之扶摇直上，到老妈上个催婚电话前，他公司的员工已经过百人，即使在北京这么大个城市也是业内翘楚了。但相应地，一心扑在工作上的陈姜涵这6年来都没有谈过女朋友，让传统的爸妈实在难以接受，几乎是一天好几个电话照三餐催婚，他心里也急，但缘分这事，有的时候比中五百万彩票的概率还低。

2

“陈总，这是昨天刚刚汇集上来的公司季度报表，您看一下。”一个穿着标准OL装的知性美女站在陈姜涵的办公桌前，递给他一份文件。

陈姜涵看了看报表上的数据，皱了皱眉：“环环，虽然我知道第一个季度由于新年起始和春节假期的关系会比其他三个季度差，但这数据跟去年比下降好多，这是什么原因？”

环环思索了一下："我觉得还是由于互联网产业的继续兴起，对我们这个传统行业产生的持续冲击。"

陈姜涵习惯性地揉了揉额头，说道："嗯，交代各部门主管将近期的详细计划归纳一份给我。哦，对了，我们公司楼下那家咖啡生活馆不是今天开业吗？"

环环一愣神："呃，今天还没有开业。"

"为啥？不是你最好的闺密的店吗？而且我记得特别清楚，你告诉我是2014年3月9日正式开业的。"

环环苦笑了一下："这个，具体我也不太清楚，今天收到小雪的电话，说是有点突发情况，要推迟一星期开业。"

陈姜涵听完摆了摆手："好的，那开业的时候你告诉我，我给你闺密送个花篮，顺便尝尝你极力推荐的阿拉比卡咖啡豆做的咖啡。我们公司这一带的咖啡，可真的太难喝了。"

环环点了点头，推开门出去了。

下午下班之后，陈姜涵监督着所有人都离开办公室。在他的理念里，八小时工作制已经把人一天中的所有创造力都用光了，再加班只会影响到身体和每个员工的家庭。他自己倒无所谓，反正在北京的家也就他一个光棍。

当他自己加完班走出大楼的时候，看到环环闺密的咖啡馆外还是摆着一些花篮的，很明显，其他人也是得到了3月9日此店开业的消息，提早订好了花篮。这老板娘，也太随性和不靠谱了。还来不及细想，夺命的催婚电话再次响起，陈姜涵苦着脸按下接听键：“喂，老妈呀……”

3

一周后，陈姜涵上班时又路过了那个咖啡店，发现之前罩在门牌上的红布已经扯了下来，“MM咖啡生活馆”几个大字出现在招牌上，店外有一些新鲜的花篮，店里有店员在走动，还有三三两两的客人坐在里面，这家店终于在推迟了一周之后开张了。

陈姜涵走进店里，发现环环也站在柜台旁，跟一个女生聊着天。他走过去，才看清那个女生的样子：大概一米七的身高，体形偏瘦，穿着一件白色的连衣裙，没有过多的浓妆艳抹，虽然只是化了淡妆，涂了浅色的口红，但还是让陈姜涵有些惊艳，一头披肩长发随意地散落在她的肩膀上，竟有些像刚从仙境里走出来的仙女，但从她的脸上，陈姜涵感到了一些淡淡的哀伤与忧虑。

这时候，环环发现了陈姜涵，看到他有些呆滞的眼神后调侃道：“老板，你这直勾勾的眼神我倒是第一次看到哟。不过也不奇怪，只要是个正常男人看到我们小雪都是这副表情。”

小雪顺着环环的眼光也看到了陈姜涵，她微笑了一下：“你就是环环常提起的陈总吧，没想到这么年轻。”

陈姜涵尴尬地收回目光笑了笑：“不好意思，孟浪了。”

环环笑道：“好啦，不开老板玩笑了，你不是一直想要喝小雪做的咖啡吗？这杯我请你。”

小雪也笑了笑：“这第一杯，还是让我来请吧，以后的生意，还要靠你们多照顾担待呢。”说完，她便转身走向了旁边的咖啡机。

陈姜涵本身就是个咖啡控，而且在国外时也学习过各种关于咖啡的知识，于是他情不自禁地跟着小雪走到了咖啡机前，也不知道到底是为了看人还是看咖啡的制作过程。

小雪的双手肤如凝脂，手指长而纤细，只见她将研磨好的咖啡粉很仔细地用按压器压好放进了咖啡机，按下按钮后一会儿，一杯萃取好的浓缩咖啡已经在杯子里了，这时发现陈姜涵在看她，微笑地询问了他所要的咖啡种类以及脱脂奶之后，她便将热好的脱脂奶很仔细地慢慢倒入杯子内，最后还细心地拉出一个松树的奶泡花纹。

“陈总，请试试这杯澳大利亚富瑞白，店里的每一包咖啡豆都是我从南美空运过来的。”小雪笑着对他说。

“这成本很高呀！”陈姜涵有些惊奇，但这个时候小雪的电话进来了，她露出了一丝紧张的神情，对他点了点头便走到旁边去接电话了。

陈姜涵也没有在意，拿起那杯咖啡喝了一口，细细地品了一下，不禁有点诧异，没想到在中国还能喝到这么纯正的富瑞白，香而不腻，带有好咖啡豆特有的回甘香味。

环环在旁边看得有些好笑，调侃道：“陈总，你这十分钟发呆的次数比我上班那么久见过的次数还要多嘞，哈哈。”说着，看了看有些焦急地在接着电话的小雪，默默地叹了口气说，“我们上班去吧，再晚一点，你的完美不迟到记录就要不复存在啦。”

陈姜涵傻乎乎地又看了看小雪的方向，一口气喝完了手中的咖啡，还是掏出一张百元人民币，放在柜台旁，便跟环环走向了公司。

4

从那之后，在上班之余，陈姜涵总是有事没事地往小雪的咖啡馆跑，还有意无意地跟环环打听关于小雪的事，甚至有的时候还会叫环环把公司的一些会放在楼下咖啡馆的包间里开，美其名曰在更舒适的环境里说不定能脑爆出更好更新的创意。

女人的第六感让小雪有些猜到了陈姜涵的用意，但并没有太多正面的回应，依旧是那淡淡的微笑和有时略带忧郁沉思的脸，不过在不断的接触过程中也并不排斥他的接近。

家里的电话依旧照着三餐往陈姜涵这里打，他有一次实在忍不住了，直接对爸妈说自己已经有女朋友了，过年一定带她回家，这才打住了这不断上升的电话费。

这天，陈姜涵带着环环下楼准备在咖啡店里喝喝咖啡聊聊工作，俩人坐下时，小雪对着他们笑了笑，比了个OK的手势。过了两分钟，两杯热腾腾的咖啡已经出现在他们的桌子上。

环环汇报完工作后，她又发现陈姜涵有些心不在焉，眼睛老往小雪那儿瞟，于是打趣道："我之前一直不相信古代的君王会为了博美人一笑而烽火戏诸侯，见到你这痴情样后我才知道在色狼身上一切皆有可能。"

陈姜涵尴尬地笑了笑："你就别揶揄我了，其实从这咖啡馆的名字上我都能猜到她是有男朋友的，对吧？"说完，他认真地看着环环，多希望从她嘴里能否定他这个无端的猜测。

环环看了看他，稍微斟酌了一下语言："小雪的英文名字叫Michelle，她的男朋友叫Michael，这个店的名字MM就是这么来的。"看到陈姜涵有些失望的表情，她又接着说道，"虽然作为她最好的闺密我不应该说太多，但你也不是完全没有机会的，因为在开店的前夕，她男朋友就提出了跟她分手。”

陈姜涵恍然大悟，这就是为什么这个咖啡馆推迟了一周才开业，也解释了为什么他看见小雪时总能感受到她脸上似有似无的悲伤。

环环继续说：“Michael是她的初恋，从大学起他们就在一起了，本来已经谈婚论嫁了，却不知道是什么原因突然分了手，但她是我见过最痴情的人，所以我只能说，能不能成功只能看你的造化了。”

陈姜涵喝了一口眼前的咖啡，又看了看正在收银台忙着的小雪，心里默默地下了一个决心。

如果你遇到一个曾经因为爱情而心碎的人，那么你一定要小心翼翼，因为她的心，也许还未忘却而自我封闭，也许已是死气沉沉再也经不起任何入侵。

5

陈姜涵并没有像其他有钱人那样疯狂地追求小雪，也没有像其他男人那样对她死缠烂打，他将自己对她的喜欢默默地放在心里，却总是出现在最关键的地方最关键的时候，给小雪与众不同的关心与陪伴。这种淡淡的情感，让小雪很感动，也没有像拒绝其他蜂蜂蝶蝶那样拒绝陈姜涵，有时候还会有种淡淡的依赖感，但对前男友的想念与放不下像把利刃，始终挡在他俩身前，切断一切他俩更进一步的可能。

转眼来到了年底，在看到环环拿来的年度报表时，陈姜涵罕见地发了脾气，挨了一顿训的环环感到无比委屈，陈姜涵看到她快哭的表情也有些内疚，于是补偿性地说请她吃个晚饭，地点当然就是楼下的MM。

俩人来到店里，发现虽然是饭点，但店里却只稀稀拉拉地坐着几个客人，小雪也很无聊地在手机上看着什么，当陈姜涵说顺便请她一起吃个晚餐时，她还是那么淡淡地一笑，说："还是我请你们吃吧。"

当满满一桌食物摆上桌子的时候，环环打趣道："看来还是陈总有面子，这几个菜我都没吃过呢。"

小雪也笑了笑："你们平时那么照顾我生意，可以说是我店里的超级VIP了，这些就当是年终大回馈吧。"

陈姜涵和环环吃得津津有味，小雪就做了杯咖啡，静静地看着他们吃。说实话，咖啡馆里的咖啡是一流的，但饭菜的味道就有待商榷了，环环说过一开始Michael是主厨，可以做出各种好吃的意料和法餐，但后来他俩分手了，于是后厨这块就耽搁下来，那么就算咖啡再好喝，食大过天的中国传统还是让这个店的生意有些不尽如人意。陈姜涵和环环边吃边夸奖这饭菜美味，至于中间有多少虚假成分就不得而知了。

晚餐过后，陈姜涵突然说："我们的关系也算是挺好了，你俩能帮我一个天大的忙不？"看到俩女生露出疑惑的眼神，他继续说，"我在年中就忽悠我爸妈已经找到女朋友了，年底一定得带回去。这不是马上过年了嘛，叫我去哪儿给弄出个女朋友呀？这事，我也只能想到找你俩了，救人一命，胜造七级浮屠呀。"说完，还夸张地摆出个向神灵祈祷的手势，但眼睛却只看着小雪。

环环刚想说拒绝，小雪却先说话了："你们都知道我的情况的，还是让环环去吧。"

环环连忙摆摆手："别闹了，我这哪儿行呀？人家还是个黄花大闺女，别看陈总一副君子相，转头原形毕露再给我整出点幺蛾子，我还要不要嫁人呀？"说着，她还看了看陈姜涵，发现他无比失落的表情后，想了想又说，"除非小雪跟我一起去，我们俩人住一间酒店，我才不害怕。还有，老板，你得给我加工资。"

小雪低头思考了一会儿："其实也不是不行，过年店里休息七天，我自己一个人肯定也会胡思乱想，不如跟你们出去走走吧。"

陈姜涵一听这话开心了："那你快把身份信息发给我吧，我叫助理给你订票。"

环环很夸张地翻了翻白眼："老板，我就是你的助理。小雪的身份信息我有，你确定个时间，我来订好了。"

陈姜涵开心地笑着，虽然小雪还是没有答应他假扮自己的女朋友，但至少这个新年，他可以跟他心爱的人一起过了。

6

一直到新年前夕，公司的业绩都不是很好，互联网的影响持续地冲击着陈姜涵所擅长的传统行业，但这一切阴霾似乎都随着三人出发去老家时一扫而光。

三人在动车上时，在环环的提议下开始斗地主，用她的原话说，是在俩闺密熟悉的领域上打败陈姜涵并且赚点春节期间的生活费，殊不知对于在大学期间就读精算的陈姜涵来说，这五十四张牌的算术游戏根本就是大炮打蚊子，结果可想而知。俩闺密合起来输了几千块，当然这钱陈姜涵是不会收的，不过对环环的一顿揶揄是免不了的。

回家的路上有小雪在身边，陈姜涵内心是十分高兴的，不过他注意到小雪似乎聊天或者打牌时都有点心不在焉，眼神老往手机上飘，似乎在等待着什么人的信息。

火车姗姗地开进青岛站，陈姜涵也终于回到了自己的老家，他又再一次提醒了一下环环注意事项，便带着她俩走出了站，果然着急想要看媳妇的爸妈早已经等在了出站口，看到陈姜涵介绍的环环后都十分满意，热情地带着三人回了家。

晚上吃饭时，老两口一个劲地给环环夹菜，懂事的环环也做好了一个准儿媳妇该做的事，左一句妈，右手夹菜给爸爸，让老两口十分满意。小雪也竭力配合着演出，跟他们说陈姜涵与环环在公司里发生的浪漫的事。陈姜涵倒是低头吃饭，偶尔抬起头也只是看向小雪，甚至还不顾老两口的白眼给小雪夹了个自己最爱吃的红烧肉。

吃完饭后，环环懂事地将二老和陈姜涵推到了客厅里，自己带着小雪开始收拾饭桌上的残局。

客厅里，二老表示了一下对环环的喜欢，紧接着就是问陈姜涵的结婚时间，陈姜涵只能敷衍着说还没见过环环的爸妈，结婚之事从长计议。

厨房里，环环问小雪："你打算什么时候告诉他？"

小雪想了想："不说吧，我觉得现在挺好，咱们好好地一起过个年吧。"

环环叹了口气："真是心疼你们俩。"

几个人在客厅里一起看了会儿电视，陈姜涵便将她俩送到了青岛v酒店，少不了又被二老责备了一下家里不住要住酒店。

回到家后的陈姜涵躺在床上，打开了他们三人群聊的对话框，写了一句："谢谢你俩今天的配合，明天白天我带你们在酒店旁边的海洋世界玩一玩。"发出去后，拿着手机盯着对话框看了一会儿，又分别圈了两个人打了两句话："谢谢环环，明晚给你介绍个帅哥。""晚安，小雪，做个好梦。"小雪那一句，最后加了个拥抱的表情。

环环看完群里的话，又看了看站在窗前看海景看得出神的小雪，默默地叹了口气，接着自己上床关灯睡觉了。

7

第二天一早，环环和小雪来到酒店楼下时，就看见陈姜涵带着一个长得很精神的高个帅哥站在车旁等着他俩了，那个帅哥完全一副自来熟，大声地对俩人说："欢迎来到青岛的两位女神，我是涵哥兄弟里最帅的于鑫。"说完还低声对陈姜涵说："两个都是我的菜呀，哪个是你分配给我的？哎呀——"话还没说完，就被陈姜涵一脚踢在屁股上，表情略带夸张地叫了起来。

四人来到了青岛极地世界，这是一个国家4A级旅游景区，是集大型模拟极地、海洋动物展演、购物、娱乐、休闲于一体的大型综合旅游观览娱乐项目。

几个人顺着项目挨个走了下来，环环一路大呼小叫，于鑫老找机会开她的玩笑，陈姜涵微笑沉稳地在小雪旁边走着。只有小雪，似乎一进入海底世界就有些不开心，脸上好像有化不开的积雪，眼神里也带着一丝阴霾。

当他们来到海洋生物区时，透过玻璃看到成千上万的海底珍稀鱼类在无忧无虑地漫游着，感受到了大海的深邃与浩瀚，每个人都被深深地震撼到了。一路向前，当陈姜涵发现小雪不在身边时赶紧叫停了于鑫和环环，三人按原路往回寻找着。没走两步，他们便看见小雪站在一个拐角的地方，看着玻璃里几只正在游着的大鲨鱼，不知道想到了什么伤心事，泪流满面。环环赶紧走了过去，一把抱住了她，回头对两个男生使了个眼色，几人无心再观赏海底世界，快步走出了展览馆。

坐在海边的网红咖啡店里，小雪已经恢复了一些，但目光还是有些呆滞，痴痴地望着大海。于鑫在旁边说着一点都不好笑的笑话，但陈姜涵和环环的注意力全在小雪身上。

过了一会儿，小雪喝了一口咖啡，抱歉地说：“对不起大家，想起点伤心的事。”

陈姜涵终于松了一口气：“没事，谁都有伤心的往事，晚上我们喝酒去，于鑫请客。”

于鑫又夸张地咋呼起来：“你的女神难过流泪，凭什么我请客？”

环环斜了他一眼：“还男人嘞，请个客喝点酒还这么叽叽歪歪。”

于鑫马上一副认怂的表情："请请请，他请他的女神，我请我的女神。"说着，对环环挤了挤眼，被环环一个白眼翻了回去。

8

傍晚的时候，陈姜涵跟家里打了个电话，交代了一下晚上不回去吃饭了，老两口不仅一口答应，还神秘地低声告诉他，晚上不回家都可以。

几人吃完饭后就来到了情人坝酒吧一条街，这是青岛为了奥运会特地修建的，他们找了一家有驻唱歌手的小酒吧，于鑫嘴上爱乱说，实际上还是挺大方的，点了各式洋酒啤酒。

大家聊着天听着歌喝着酒。于鑫是个调节气氛的好手，更是个劝酒高手，各种劝酒方法层出不穷，却又每个都在点上，让人不得不喝，过了一会儿，大家都有点微醺了。这个时候，酒吧的舞台上出现了一个长发男子，一看就是一副流浪歌手的模样："大家好，欢迎大家来到我们酒吧，接下来我会为大家带来三首歌曲，希望大家喜欢。"

男歌手上台之后，环环就情不自禁地看了一下小雪，发现她并没有什么异常，也就放心地继续和于鑫喝酒了。陈姜涵也同时看了看小雪，放下杯子，和她一起静静地听起了歌。

很快两首歌唱完了，第三首他唱的是JJ林俊杰的《那些你很冒险的梦》。歌手的嗓音还是有些像林俊杰的，假音和转音明显也有些模仿他的痕迹，在驻唱歌手里算是唱得好听的了。当他唱到高潮部分“那些你很冒险的梦，我陪你去疯，折纸飞机碰到雨天终究会坠落，太残忍的话我不说，因为爱很重，你却不想懂，往反方向走”的时候，小雪放下了手中的手机，跑向了厕所，环环赶紧跟了过去。桌上的手机屏幕亮着，陈姜涵看了一眼，上面是一个名字写着Michael Zhang的对话框，上面满满当当的，都是小雪单方面发给他的，他完全没有回复，而最后一句是小雪在去厕所前发的：我很想你，你在哪里？看到这最后一条，陈姜涵的心居然有些隐隐作痛。

俩人从厕所回来后，歌手已经下台了，酒吧里放起了电音舞曲。小雪努力地调整着自己的情绪，知道那会成为大家不开心的因素，在她的提议下，大家玩起了《真心话大冒险》的游戏。四人石头剪刀布，赢的人问输的人问题，君子游戏，不能说谎。

在玩过几轮之后，气氛也开始热烈起来，大家又开心地喝了好多酒，小雪的脸早已经红了，落在陈姜涵眼里自然又是别有一番风味。这时有一把小雪输了，轮到赢了的于鑫问她，于鑫对着陈姜涵使了个眼色，问道：“你喜欢涵哥吗？会跟他在一起吗？”

环环在旁边喊道：“作弊，这是两个问题。”话音还未落，就听到小雪很快地接话道：“喜欢，不会。”似乎这个问题，她已经想过好多次了。

陈姜涵把手中的满杯洋酒一股脑儿全倒进了喉咙：“回家吧，时间不早了。”

这个世界上有很多无奈的事，爱却不能在一起一定是其中最无奈之一，主观的喜欢无法决定客观的事实，唏嘘却无奈。

9

波澜不惊地过完了春节，陈姜涵似乎没有受那晚影响，依旧是那个关心照顾小雪的他，只是若有若无间多了一些距离感。

二老虽然有些奇怪儿子与准儿媳妇的相敬如宾，却还是很开心陈家就快有后这件事，他俩的超前感觉，早已在见到环环时就想好了该怎么带孙子，毕竟在他们那个年代，见了父母的情侣就基本是板上钉钉了。

当于鑫送他们去动车站时，陈姜涵惊奇地发现他和环环已经是依依不舍地牵手拥抱就差个吻别了，他不禁感叹这世间的缘分，顺便提醒了一下环环，于鑫是渣男，自然免不了又兄弟相残了一番。

大年初八，是陈姜涵的公司重新上班的日子，他像往常一样先去小雪的店里买一杯咖啡，聊上几句。这固定的模式会让他每天都像打了鸡血一样面对整天的工作和各种各样的人。习惯是个很可怕的东西，但大多数人都无法改变，只能顺其自然。

今年的开春跟以往有些不一样，去年的糟糕业绩影响了公司大多数人的心情，而且公司的CFO干脆就直接没来上班，从人事部得到的反馈是他单方面提出辞职了，可能是因为觉得陈姜涵是个不错的老板，所以也不太好意思直接跟陈姜涵说。

陈姜涵知道这件事后也没有多指责什么，反而叫财务把该打的工资、分红一分不少地打给他。人各有志，工作有时候就像爱情，合则来，不合则不必强求。

经过春节的接触，陈姜涵和环环的关系又更进了一步，从好朋友变成了更好的朋友，陈姜涵开玩笑说要给她加工资，因为在助理的基础上她还多了个虚拟女朋友的职位。

环环倒是没有太多开玩笑的心思，她在办公室无比认真地对陈姜涵说："于公于私，其实我都是希望你和小雪有好结果的。一开始我其实并不看好你，以为你跟其他男人一样只是贪图她的美色，玩一玩罢了。但接下来的这么多时间里，你在爱她的基础上不断付出，却从来没有索取什么，讲真的，老板，你感动到我了。但她不一样，她这个死金牛认死理，恋爱一谈就好多年，分手了还要等待那么久，我也劝过她放下过去接受身边的人，但她就是固执地认为她前男友还会回来的。"

陈姜涵第一次见环环这么认真，想了想说："其实每个人都有自己的坚持，她的坚持是等她男朋友回来，而我的坚持就是等她放弃等待。轰轰烈烈的爱情，我这个年纪已经不复存在了，细水长流的陪伴才是我觉得应该做的。”

环环笑着说：“老板，你不去写鸡汤真的是中国出版界的一大遗憾啊。但你爸妈那边怎么办？不可能一直让我扮演你女朋友吧？我这不是也得谈恋爱的对吧？”

陈姜涵被她逗笑了：“当然不可能啊。”看着环环脸上露出如释重负的表情，接着说，“改天我俩P个结婚证，给他们看看就行。”

环环一脸苦瓜相：“老板，我突然想起来，我双亲在乡下无人照顾，我想辞职回家种田养牛、相夫教子。”

陈姜涵笑骂道：“快滚。”

10

转眼半年过去了，陈姜涵公司的业绩依然不见起色，算是他自回国以来的一个小瓶颈，但即使再忙，每天去MM这个习惯他始终没有更改，他依旧可以看到小雪有些忧郁的眼神，可以看到她每天不断地翻看手机，等着那个不知道什么时候才能响的声音。

这天，财务总监将上半年的公司财务报表交到了陈姜涵手上，公司的流动资金已经所剩不多了，而因为还有款项没有回收，这个月的工资已经捉襟见肘，陈姜涵知道后并没有多说什么，直接把自己的银行卡递给财务总监，让她从自己的私人账户里去拿钱发工资。财务总监走了之后，他迎来了一个意料之外的人。

“陈总，你们公司还缺人吗？”一个男生的声音从门口传来，陈姜涵一抬头，就看到了满脸玩世不恭的于鑫。

“哟，什么风把你小子吹来了？”陈姜涵问道。

“还不是你们家助理的枕边妖艳风嘛，哎哟哟，别啊，疼疼疼。”于鑫刚说到一半就被环环从旁边揪住了耳朵。

“哈哈，好呀你俩，真好上啦？”陈姜涵看到这情形也十分高兴，“你完了于鑫，要让我爸妈知道，你可是抢了我媳妇的陈世美。走，我们下楼也让小雪高兴一下。”

咖啡店里，小雪并不是很惊奇见到于鑫这件事情，环环跟她可是无话不说的。女生和男生的关系不一样之处在于，男生一般是最后通知哥们儿：“我有女朋友了。”而女生是从认识男朋友的第一天就跟闺密开始八卦了。

于鑫看到小雪也很开心：“准嫂子，我涵哥那前辈还没回来找你吗？”

小雪脸一红："没有呢。还有，谁是你准嫂子？"

于鑫说："王宝钏苦守寒窑十八年等待薛平贵，你不会也是那种忠贞烈女吧？我可不能让我涵哥等你十八年，他这么玉树临风、风流倜傥的才子，可不能为了一个不可能实现的梦而耽误了所剩无几的青春。"

小雪还没来得及说话，陈姜涵就一拍于鑫的脑袋："别人总说恋爱的人智商为零，怎么到你还有变负数的倾向？别逗小雪了，我愿意等。还有，你来北京是玩还是常驻？工作怎么办？"

小雪惊奇地抬头看了看陈姜涵，他还是那张若无其事的脸，但他那句"我愿意等"像个对着山谷大声喊出的回声，不断地重复缠绕在她耳边，导致她有些恍惚，环环叫了她好几声，她才应道："你说什么？"

环环奇怪地看了看她："我说于鑫现在决定来北京生活了，一时半会儿也找不着工作，要不来你这儿上上班，有脏活累活都交给他做就行，这不是也离大家近一点嘛。"

"哦哦，没问题的，那就先来这儿吧，不过工资肯定不高，你们也知道我这店生意一直也不太好的。"小雪有些不好意思。

"这您就放心吧，老板娘，您这点工资给不给都成，我涵哥肯定会给我潜入敌人内部的卧底费用的嘞。”于鑫的话逗得大家都笑了。

就这样，于鑫正式加入了这持续了一年多的三缺一阵容，一对情侣加一对貌似情侣，倒也是给这几个北漂的青年带来了一丝别样的快乐。

11

时间如白驹过隙，转眼又到了年底，小雪依旧在等着旧爱，陈姜涵依然在等待奇迹，环环和于鑫彻底地坠入爱河，两个公司的业绩依然让人唏嘘，但几人的感情却是日益加深，终于又到了年底回家的时候，在陈姜涵的再三请求下，几人决定还是一起回青岛，将恋爱剧情一演到底。

在陈姜涵家里吃饭时，环环依然是他的女朋友，而小雪，自然就跟于鑫凑成了一对。

孟妈妈开心地摸摸于鑫的头：“小雪这姑娘好啊，要不是我家阿涵有环环了，我都想他俩在一起。”

众人一头黑线，孟爸爸打断了她：“说的什么话啊？环环还在这儿呢。不过凭良心说，小雪是真的好，要不是我家阿泽有环环了……”

“老爸老妈，你俩可真是一对大活宝，她俩可是顶着家里的压力来咱家过年，你们能别再把人给吓跑了不？”阿涵忍不住插话了，要不还不知道这二老能整出啥幺蛾子。

几个人赶紧吃完了饭，逃出了家，又去了上次那个酒吧。

一样的酒吧，一样的味道，一样的歌手，不同的歌单。这次还是那个长发歌手，但第三首歌换成了林俊杰的《可惜没如果》，当他用那很像JJ的嗓音唱到“倘若那天，把该说的话好好说，该体谅的不执着”的时候，三人都有点紧张地看着小雪，小雪笑了：“别傻了，都一年多了，很多东西都淡了。我前男友也是长发，也喜欢唱JJ的歌。”环环听着点了点头。

小雪接着站起了身，众人又一阵紧张，小雪说：“我只是去上个厕所，你们别慌呀，哈哈。”

小雪离开后，于鑫说：“涵哥，看来今年有进步，以我多年的经验，当一个女生不排斥在追她的人面前提起她前男友时，这绝对就是心房里有了空隙，那是你可以突破进入的地方。来，喝一杯，看来你的坚持有效果了。”

陈姜涵和于鑫碰了一杯酒，说道：“在我们这个年龄，以后遇到的人，都是爱过别人的人，都是心里装过别人的人，如果我的陪伴能让她放下过去，那对于我的付出来说就是最好的回报。”

于鑫刚要说话，就听到厕所那边传来了小雪急促的声音：“放开我！”

三人赶紧跑向厕所，看到小雪在洗头台旁站着，旁边有两个一看就很社会的醉酒大哥，其中一个光头还拉着小雪的胳膊。

那一刻陈姜涵感觉全身的血都往头上涌，他冲过去，先是一个手刀打开那男人的手，接着一把搂过小雪：“你特么的别碰我女朋友。”

于鑫也把环环往后一拉：“你跟小雪先去门口。”说着，回头一拳往那男的脸上打去：“爷爷惯着你这孙子了！”

陈姜涵将小雪交给环环，回头也加入了战团，俩女生紧张得边叫边先走出了酒吧，男人打架时女人别添乱，这是常识。

几分钟后，陈姜涵和于鑫从酒吧里出来了，俩人都挂了彩，不过依然有说有笑。真正过命的兄弟，都是一起打过架的，而且这事他俩年轻的时候可没少干，山东这个地方的汉子血气方刚，随便瞅一眼都有可能引起一场混战。

陈姜涵的眼角开了个口，血已经流了下来，小雪紧张地拿纸巾帮他擦血，急得都快哭了：“对不起对不起，都是我的错。”

陈姜涵被逗笑了：“你有啥错？那两个大老爷们儿欺负个小姑

娘，真给咱山东人丢脸。”

于鑫插嘴道：“涵哥，你那句女朋友说得可是霸气十足啊，哈哈。”

环环捏了捏于鑫：“以后你可不许那么冲动了，不过，真的很man。”

每个人的生命里都有自己要用生命去保护的领地，对于男人来说，他的女人就是他身上的逆鳞，谁敢碰就跟谁拼命。

12

潺潺细水一旦有了突破口，就有可能汇聚成一片汪洋。

在接下来的过年时间里，几个人也不再出去嘚瑟了，好好地在家陪老人家过了个中国年，只在大年初一时出门，大家一起看了个《美人鱼》，那是整个时代都欠星爷的一张电影票，笑中带泪的剧情连爸妈都叫好，不过演到爱情片段时，陈姜涵还是听到了坐在旁边的小雪发出的一声叹息。

过年这些天，陈姜涵已经可以感受到自从上次打架事件后小雪对他的感觉或者说感情已经上升了一个级别，但他也不着急，反而有点享受这种有点暧昧却无法再进一步的感觉，很多时候觉得只要她在身边就好。

过完年回到北京，儿女情长和天伦之乐马上被两个公司同时爆发的事件给冲淡了。

“陈总，这次公司又有两个高管离职，据说还是跳槽到了我们死对头那里。还有，你给我的卡，里面已经没钱了。”财务总监有点不好意思地说出这些话。

陈姜涵的右手指无意识地敲着桌子，过了一会儿说：“我知道了，你先出去，叫环环进来。”

环环进来之后，有些着急地说道：“你叫我来是因为小雪咖啡馆的事吗？”

陈姜涵诧异道：“她咖啡馆怎么了？”

“她这两年一直是赔本经营着这家咖啡馆，我老早就叫她清算盘点了，她总说怕前男友回来找不到她。这个傻姑娘，我真的是服了，今天我路过看到物业已经在对她下最后通牒了，要是三天内不能给他们拖欠的房租加上一年的预付，他们就要强行收店了。”环环的语气有着明显的恨铁不成钢的情绪。

“一共多少钱？”陈姜涵问。

“四十几万不到五十万的样子。”

陈姜涵又用右手指敲了一会儿桌子："嗯，我知道了，你先出去吧。"

第二天一早，于鑫拿着一张银行卡递给小雪："准嫂子，这是我在青岛这些年打工的积蓄，一共五十万，你先拿着把房租给付了。"

小雪一副为难的表情，想拒绝又怕断了最后男朋友能找到她的路。

"得，你真别这副表情，哈哈，放心吧，我涵哥肯定会给我的，麻溜地去交钱吧，物业那些孙子，我看了就烦。"

看小雪拿着卡走了，于鑫拿出手机："涵哥，钱已经给她了，为啥不你自己给？"

陈姜涵："我不想给她任何心理负担，她愿意等待，我就静静地陪着她一起等。"

于鑫："您可真是我大哥，柏拉图的思想境界都比不上你。话说回来，车卖了，咱上班坐啥？"

陈姜涵："地铁公交三轮小奔奔，喜欢啥坐啥嘞。"

过了一会儿，小雪回来了，拿着物业开好的收据和一份草拟的合同，都递给了于鑫，说："钱我肯定不可能白要你的，这是房租收据，一共48万，还有2万我当备用金放在店里。这张是股东转让合同，我将这间店的40％股份写到了你名字底下，不许拒绝。”小雪眼神很坚定，想了想又补了一句，“这边有一条补充条款，万一以后还需要追加投资，你这40％也是不需要出资的，别到时候说我坑你。”

说完，她就转身去忙了，剩下一脸哭笑不得的于鑫，拿出手机给陈姜涵发了个微信：涵哥，我这莫名其妙地成了咖啡馆第二大股东了，我这心理压力大得你至少得用五十串羊肉串来弥补我。

13

这一年，陈姜涵的公司受大环境的影响越来越大，他也要花更多的时间在公司的事情上，同时也不断地在找新的投资，希望能够撑过这个业界寒冬，但每天不变的事情还是在MM喝上一杯热腾腾的富瑞白，看一眼小雪，说上两句话。很多时候，他并不是在享受咖啡，而是在求证一种对爱情的坚持。

2017年的新年终于在俩女生的坚持下没有再回家，而是陪她俩去了她们的老家，顺便带着于鑫见了环环的家长，于鑫紧张得像个没出过门的小媳妇，通情达理的环爸环妈也没有说出类似陈姜涵更适合环环的话，皆大欢喜。

看到于鑫和环环幸福的样子，陈姜涵也与有荣焉，感慨蝴蝶效应是个很不错的定律，有因必有果。当然二老的日常催婚他也得小心应对着，面对大部分中国传统家庭的婚姻压力，他自己心中也是有些茫然和无奈的，只能找借口，说今年回环环家提亲。

环环和小雪充当起东道主的角色，带俩男生领略了一番南方冬天只能靠抖的传说，也带他们去了一些以前上学时她们常去的地方。虽然环环想方设法避开那些小雪带有初恋回忆的地方，无奈城市就那么大，大部分地方他们在一起时都去过，小雪难免地又有一些触景伤情，陈姜涵的心情也随之风雨飘摇。最后在于鑫的提议下，几人提前结束了年假，回到了北京继续北漂的生活。

回到北京的陈姜涵拿出了初创业时的干劲，除了每天雷打不动的喝咖啡时间，几乎把所有的时间都花在了公司上面，但是事与愿违，公司的业绩一天不如一天，陈姜涵已经抵押了自己在北京买的房子去维持工资和房租的开销了。

小雪依旧守着那间生意不太好的咖啡馆，不过由于聘请了新的厨师和加入了外卖的元素，收支基本达到了平衡，好的月份还能小赚一点。

环环是最清楚陈姜涵情况和了解他心理状态的人，甚至有时候她还会换位思考，如果是自己面对这种事业受挫、等待的人却还是遥遥无期的情况，自己到底能够坚持多久。于是她总会叫粗心眼的于鑫多陪陪陈姜涵，兄弟间的陪伴比不靠谱的爱情靠谱多了。

于鑫还是一副没心没肺的样子，咖啡馆有事的时候做做事，没事的时候跟环环谈谈恋爱。这种随性的状态反而是其他三个人所羡慕的，当然他心里也有自己的烦恼，就是他对环环的感情是认真的，但他这种状态自己都没法保证能够带给她幸福。

谁也没想到四个人里，第一个改变的居然是于鑫。

14

这天中午，陈姜涵带着所剩无几的公司高管在MM咖啡馆里开了一个例会，当他们挨个汇报完工作之后，压力本来就很大的陈姜涵罕见地发了火，面对兵败如山倒的局面，陈姜涵第一次感到了之前内心从来没有过的虚弱感。

高管们离开后，陈姜涵问环环：“我是不是年纪大了，再也没有年轻时面对困难举重若轻的感觉了？”

环环思考了一下：“其实也不是，你这种状态是正常的，要是我处在你的角色，我可能早就崩溃了。”

这个时候，于鑫和小雪也走了进来，于鑫很贴心地拍了拍陈姜涵的肩膀，小雪也对他投去一个鼓励的眼神，顺便递上了一杯早就准备好的菊花茶，去去火。

于鑫这时候清了清嗓子：“各位，虽然大敌当前大家心情都不太好，但在下有一事十万火急，必须向各位皇帝皇后，哦，还有我的贤内禀告了。”

看到三人以不太温暖的目光看向自己，于鑫又显得有些不好意思起来，声音明显低了八度：“其实也没啥大事，就是我跟涵哥的小区外不是有个烧烤摊吗？涵哥这披着狼皮的羊是不吃那种垃圾食品的，但烧烤可是我的最爱。我经常去那儿吃，老板居然也是山东潍坊的，一来二去也就熟悉了，平时没事还会一起喝个啤酒啥的。你们是不知道，我亲身体会，坐在那儿也就一个小时，那客人叫个络绎不绝呀，加上没有店面，不需要成本，利润可观，很可观。”

陈姜涵问道：“你想表达个啥？直接点行不？”很明显，他还没从刚才的坏心情里走出来。这时候小雪居然罕见地拍了拍他的手背，他一愣神，小雪也赶紧把手收了回来。

于鑫继续说：“昨晚我又去那儿吃烤串了，结果无意间听见他们俩公婆在商量把这店给转手了回老家去，我呸，啥店呀？就是把那个摊位给转手了，毕竟他们的摊位也算是个几年老摊了。那我这一合计，这生意合算呀，于是就找他们谈了，最后用了两万块钱就把摊位加一些桌椅设备全买下来了，你们说这是不是捡了个大便宜？哈哈哈。”

于鑫说完，却发现几个人像看白痴一样看着他。环环说话了：“这事你咋不跟我商量一下？你这咖啡店做得好好的干吗要去卖烧烤？这人员你去哪儿请？这烤串技术你有吗？大冬天大夏天的，你这养尊处优的身子骨受得了吗？”

环环这一大串问句说完，于鑫却像早有准备：“昨晚我给了一万定金，他们教会我技术之后再给剩下的，人员他们会把两个小工留给我，天气恶劣的情况我不是没有考虑过，但只要能赚钱，只要能让你过上衣食无忧、幸福的日子，这点苦对我来说啥都不是。”

看着于鑫最后有些真情流露的告白，环环低下了头，显然被感动得不行。

于鑫牵起她的手：“我一个人时可以随波逐流、虚度光阴，一人吃饱全家不饿，但当有了你，我心里想的只有怎样才能让你幸福，怎样才能让你家人把你放心地交给我。虽然烤串算不上什么高雅的职业，即使全世界的人都看不起我，只要你不嫌弃我，咱们就能过上好日子，管别人那么多干吗呢？”

环环泪眼婆娑地靠在了于鑫的怀里，流下了幸福的泪水。

15

时间终于来到了2017年年底，这天大家都收到了陈姜涵的微信：晚上六点半大望路便宜坊见，都必须到。

下午，陈姜涵和环环提早来到了咖啡馆，等小雪交代了一下，三人便一起打车来到了便宜坊。

没想到于鑫早已经坐在订好的位置上了，看到他们还咋呼着最晚到的人必须买单。

陈姜涵点了烤鸭套餐和两瓶老黄酒，几人大快朵颐起来。

于鑫跟陈姜涵碰了一杯黄酒，问道："涵哥，这地方可不是你的风格，你要请客不得大董级别的呀？"

陈姜涵放下杯子："今天叫你们几个来是有件事情要宣布的。"说这话时，环环悠悠地叹了口气，明显已经知道了点什么。

"今天公司已经进行了清算，我很荣幸地宣布我在国内的创业失败了。口袋里的钱正好够付这便宜烤鸭，这一顿，就当是我们这两三年感情的句点，大家好好地吃顿散伙饭吧。来来来，别黑着脸，大家干一杯。"陈姜涵率先举起了杯子。

于鑫小心翼翼地问道："那你之后啥打算啊，哥？"

"回青岛吧，找个能够维持生计的工作，听家里的安排相个能过日子的女人，再给他们生个孙子，尽尽孝道。"陈姜涵这话怎么听都带着英雄迟暮的挫败感。

于鑫说："要不你跟我来做烤串吧，咱亲兄弟别说其他的，所有利润一人一半。"

陈姜涵笑着摇了摇头："这事我是做不来的，你和环环好好的，我已经决定回青岛了。"

这时一直没说话的小雪主动举杯，一股脑儿把满杯的黄酒都倒进了喉咙，借着酒劲仿佛做了个重大的决定，她看着陈姜涵的眼睛说："你来咖啡馆吧，反正这里有你40％的股份，你待在北京继续寻找机会，而且有你在身边，我才有安全感。"最后那几个字，她的声音明显轻了很多，不过大家都很清晰地听到了。

听到这话，陈姜涵先斜了一眼于鑫，于鑫连忙摆手："可不是我告的密，我要离开的时候，小雪非要写借条把钱还给我，我迫不得已才说的。"陈姜涵没有答话，低下头思考起来。众人都不说话了，留给他思考的时间。

过了一会儿，陈姜涵抬起头来，看着三人有些期待而又紧张的目光，他笑了："你们这么严肃干嘛，哈哈。好了，我做出决定了，继续待在北京。"看到众人开心的表情，他也有些感动，"我先去小雪的咖啡馆，股份的事不要再提，包吃包住就行，我会重振旗鼓继续找机会的，任正非44岁才创立华为，我比他还年轻那么多岁呢。"

看到陈姜涵从低潮中走了出来，众人都十分开心。小雪的快乐也写在了脸上，因为她知道，陈姜涵是为了她才留下来的。习惯是个很可怕的东西，刚才陈姜涵说要离开的时候，她心里那浓重的失落感是那么真实。

就这样，环环开始了夫唱妇随的烤串生活，而陈姜涵也开始了咖啡馆的打工生涯。

16

“我真的没有想到，你的咖啡能做得这么好，这拉花，连我都自愧不如呢。”小雪惊喜地指着眼前的咖啡对陈姜涵说。

陈姜涵笑了笑：“这个世界上，多的是你不知道的事。”

其实陈姜涵早在国外留学的时候就在咖啡店里打过工，他那个时候的梦想，就是在海边开一个咖啡厅，和自己爱的人生两个孩子，再养上两条狗，平静而又平凡地过完一生。

陈姜涵高大帅气的外表加上温暖的笑容，很快就吸引了周边一些女性上班族，懂咖啡的不懂咖啡的都会找借口来跟他搭搭话，在他开始上班的几周里，咖啡馆的利润居然噌噌地往上涨，这是大家都始料未及的。

在更加靠近小雪之后，陈姜涵也发现虽然有时小雪看完手机后还会有一些悲伤的情绪写在脸上，但比之前每天都愁云满面好了许多，似乎他在身边她也多了许多的快乐，有时无意间露出那光彩夺目的笑容，都能让陈姜涵失神回味好久。

“喂，帅哥，做白日梦呢？快醒醒，点咖啡了。”陈姜涵被一个熟悉的声音从梦中拉了回来，他看了看眼前这个身材有些爆炸的白领，不好意思地说道：“是你呀，Linda，今天还是一样的冰制焦糖玛奇朵吗？”

Linda用明显略带暗示的眼神瞟了瞟他：“嗯，老样子。今天能赏脸一起吃个晚饭吗？”

陈姜涵又习惯性地揉了揉头，这Linda是在他进咖啡馆的第一天就碰到的客人，见到他时就说之前老看他以客人的身份坐在咖啡馆内，因为老有环环和小雪在他身边，也就一直没有机会搭讪，没想到现在身份变了，她立马展开了攻势。

“对不起啊，Linda，你也知道，我晚上都要上班到关门的。”

Linda撇了撇嘴，拿着咖啡走了。

小雪这时候从旁边走了过来：“干吗又拒绝人家？那身材，啧啧，连我这个女人都嫉妒。”

陈姜涵说道："没兴趣。"

小雪又问："你未娶她未嫁，为啥不考虑一下？再说了，你家又那么急，接触一下不是挺好的吗？"

陈姜涵白了她一眼："因为你。"接着就转身去接待下一个客人了，把发着愣的小雪留在了原地。

很多时候，不接受一段感情并不是因为对方不好，而是在他心里，有一个更值得他等待的人。

17

时间就这么来到了2018年，在陈姜涵还差半年就满36周岁的时候，于鑫和环环要结婚了。

婚礼定在了青岛老家一家老牌的五星级饭店，当受邀的涵爸涵妈看到环环穿着新娘礼服时，两个人都傻住了，早有准备的陈姜涵和小雪将他俩拉到一边解释了半天，终于还是说服了他们，不至于在现场出乱子。

婚礼上宾主尽欢，到了扔捧花的环节，环环把主持人的麦给抢了过来，带着喝了点酒的酒意，说道："我能和于鑫结婚，必须感谢的是陈姜涵，不是他，我俩根本不可能遇到。今天这捧花我不扔了，我只想给在场的一个人，小雪，你给我出来，你这个傻丫头，你还要等到什么时候？离开你的人不可能回来了，你为什么不好好地珍惜身边爱你的人？他爱你爱了三年多，你也让他失望了三年多，我以前根本不相信什么天长地久的爱情，在陈姜涵身上我信了，你俩给我好好地在一起好吗？求你了！”

伴娘席上的小雪早已经泪流满面，伴郎席上的陈姜涵也已经眼泛泪光，涵妈妈早已经哭了起来，口中说着：“这是造了什么孽呀？”

很多时候，感动并不代表爱，坚持也并不一定就有好的结果，但就是还有人傻傻地坚持着，比如坚持着前男友会回来的小雪，比如坚持着总有一天能感动小雪的陈姜涵，谁都没有错，错的是缘分。

婚后，于鑫和环环拒绝了家人留在青岛的请求，继续回北京经营他们的夫妻烧烤摊，随着生意越来越好，几个人能够相聚的时间也越来越少了。这本就是人生该有的轨迹，没有谁是会在谁身边一辈子的，在一起的时候感恩，分开了也要记得祝福彼此。

随着互联网泡沫的破灭，陈姜涵在一些老同事的鼓动下东山再起了，他很快地用一个完美的策划案拿到了第一笔投资款，而公司的选址，自然还是放在小雪咖啡馆的办公楼上。

陈姜涵家的二老详细了解了整个爱情剧本后，突然间好像看开了，交代他，小雪是个好女孩，值得坚持，不过在最后还是补了一句：要真的等不到，也给像Linda那样的女孩一些机会吧。

2018年12月1日，陈姜涵去小雪那儿买咖啡时，看到小雪正微笑地与物业说着什么，他走过去一问，居然是小雪要中止租约，停止经营咖啡馆了。陈姜涵开玩笑地问："不会是因为失去了我这个店内王牌厨师而经营不下去了吧？"

小雪没有回答他的疑问，而是将他牵到了柜台旁："我再最后给你做一杯咖啡，这也许是我们在这咖啡馆最后的回忆了。"看着有些愣神的陈姜涵，小雪扑哧一下笑了出来，那一刹那，陈姜涵感受到了一丝小雪与平时的不同，那笑容在印象里是从来没有出现过的，仿佛有一种如释重负的味道。

陈姜涵细细地品着咖啡，小雪在旁边很自然地挽着他的手臂："你干吗喝那么慢？"

陈姜涵说："以后不是都喝不到了嘛，还不得好好珍惜这最后一杯！"

小雪又笑了起来："傻瓜，这里喝不到了，回家去做给你喝。"陈姜涵还来不及细想这中间的意味，小雪又说，"明天你能陪我去趟澳大利亚珀斯不？机票我已经叫环环帮你订好了，你是外籍护照，也不用签证，我还自作主张叫环环打电话给你公司的人事部门交代过了。"说完还做了个俏皮的鬼脸。

陈姜涵一脸蒙，傻傻地吸着咖啡杯底剩下的奶泡。

18

第二天一早，环环和于鑫开着车来接陈姜涵，到他家楼下时，已经顺道把小雪带上了。

机场的分别里总有些依依不舍的情绪，但放在这几个人身上就略显另类了。

浅笑安然的小雪，一脸蒙圈的陈姜涵，还有巴不得他俩快去快回的环环和于鑫。陈姜涵一看这架势，敢情只有他一个人蒙在鼓里呢。

小雪很贴心地订了头等舱，让这十个小时的旅程不会那么疲惫。当客舱灯光调暗进入睡眠时段时，小雪将头靠在了陈姜涵的肩膀上，双手环着他的右臂，道了声“晚安”。

陈姜涵没有睡着，他还是想不明白这突如其来的变化，但小雪身上的改变让他十分开心，看着在他身边安静地睡着的小雪，虽然心底还有许多问号，但还是很享受过去几年来最幸福的一刻时光。

飞机准点降落在位于澳大利亚西部的泊斯国际机场，下飞机的时候，陈姜涵贴心地要帮小雪套上羽绒服，被小雪笑骂了一句傻子，地处南半球的澳大利亚，现在正是最热的夏天。

小雪订了一个在海边的度假酒店，俩人check in之后，陈姜涵就傻眼了，她订的是一张大床的套房，陈姜涵支吾着说："我……住哪儿？"

小雪白了他一眼："睡厕所里。你快收拾一下，我们下楼去吃晚饭了。"

俩人收拾完后来到了地处海边的西餐厅，服务员很贴心地点上了蜡烛，他俩单独第一次的烛光晚餐就这么开始了，小雪点了一瓶奔富Grange，那是澳大利亚本地数一数二的红酒了。

菜一道一道地上，酒一口一口地喝，终于在上到最后的甜点的时候，小雪也一口气喝完了杯子里剩下的红酒，脸上泛着红晕，映衬着烛光，显得十分动人，陈姜涵看得眼睛都离不开了。

小雪跟陈姜涵对视了一会儿，两道目光在空中相遇，陈姜涵惊奇地发现，以前每到这个时候眼神总是在躲闪的小雪，今天很勇敢地全盘接受他充满爱意的目光，甚至在回看时，陈姜涵也可以感受到她带着一丝期待与爱意。

小雪慢慢地开口了："你是不是很奇怪我这两天的表现？"看到陈姜涵傻傻地点了点头，她笑了，"我先跟你说一个故事。"

陈姜涵递了一杯温水给小雪，听她缓缓地说出她准备了很久的故事。

小雪从初中开始就是校花，学校里的不少同学觊觎她的美色，身边的苍蝇总是赶不完。那个时候，他们班有个很叛逆的男生，在初中就开始蓄起了长发，还热衷于各种体育运动和地下乐团，他很喜欢骂小雪白痴，却总是在她身边当护花使者的角色。俩人就这么一路从初中走到了高中。像陈姜涵一样，小雪很习惯有他陪伴在身边，但反应迟钝的她从来没有往爱情那方面想。高考成绩出来以后，小雪考上了北京的大学，他的第一志愿也是北京的大学，却因为分数不够，只收到了上海一所大学的录取通知书，俩人见面之后，小雪有点慌了，但下一刻他就当着小雪的面把上海的录取通知书给撕了。那个晚上，是男生第一次对她表白，他俩也在那个晚上正式在一起了。去了北京之后，小雪在大学上课，男生在北京的一家地下酒吧做歌手，工资不高，两个人过得也很辛苦，不过爱情让俩人从不畏惧生活的艰辛，苦中作乐的情绪让俩人的心紧紧相依着。小雪毕业之后，找了个还不错的公司，男生也已经唱到了北京最好的酒吧，俩人有了一定的积蓄，考虑着在北京贷款买套小户型。正在看房子的期间，小雪的老板有次喝多了对小雪起了歹念，被正巧去接小雪的男生看到了，一拳打走了老板，也打掉了小雪的工作。俩人回家一合计，房子先不买了，拿这些钱一起开个咖啡馆，那也是小雪一直以来的梦想，于是俩人找到了地方并且花了两个月去装修，商量着等男生做完一个东南亚的演出回到北京就正式开业。

说到这里，小雪已经有些眼泛泪光了，陈姜涵鼓励地拍了拍她的手背，小雪反手抓住了他的手，说道：“我们去海边走走吧。”于是陈姜涵买了单，带着小雪来到了海边。

澳大利亚的星星照在海面上，煞是好看，小雪主动牵起陈姜涵的手，说出了接下来的故事：“在马来西亚表演完的他乘坐飞机飞回国内，计划是3月8日的早上6点30分到达北京，我早早地等在飞机降落的航站楼，这一等，就是一整天。”这时候陈姜涵好像想到了什么，惊奇地看着小雪，她点了点头，继续说道，“是的，他乘坐的就是失踪的马航MH370。出事后的一周，我和其他一些家属多方面去了解情况，那一周的泪水，比我长那么大加起来的还要多。陈姜涵，你真的是一个很好的男人，对我也真的非常好，你为了我打架，为了我卖车，别否认，我早就知道了，还有，最让我感动的就是你不求回报的陪伴，但我真的没有办法在不确定他还会不会回来的情况下伤害你。”

陈姜涵有些被这故事的结尾给震撼到了，现在回头想想，这个男的一次没有出现过，知情的环环每次也都是犹豫不决，小雪发给他的微信从来没有一次得到过回应，也只有小雪，还会傻傻地坚持等待，相信着他还会回来。

小雪转过身子面对陈姜涵：“就在前天，2018年11月30日，马航的调查组已经全面解散了，这件事，也终于可以画上一个句号了，从出事到结束调查，一共1728天，而你，陪了我1721天，谢谢你。我带你来泊斯，是因为他们说马航的失事地点就在这片海域上。我带你来一起向他告个别，也好让他放心，现在和以后都在我身边的你，是一个多么有担当的男人。谢谢你陪我来这儿有了个仪式感的告别，现在，是我们仪式感的开始。”

月色星光下，小雪紧紧地抱着陈姜涵，一个梦的结束，却是新的梦的开始。

始于想念，终于陪伴——这个世界上几乎所有的东西都会过期，过期的凤梨罐头，过期的酒心巧克力，还有过了期的爱情。

在关于爱情的类目里，还有一个元素也不会过期，甚至是爱情里最长情的类目，那就是陪伴。

相对于“陪伴是最长情的告白”，更合理的是“陪伴是最长情的关爱”，告白是一时的，关爱是一世的。

现在的社会太浮躁，人心也是，能够静下心来屏蔽嘈杂的世界陪伴你的实在是少之又少，如果你身边有，相信我，赶紧带回家吧。

幸福是个很奢侈的东西，如果拥有，请你珍惜。

| Part3 |

不是每个故事都要有完美结局

偷偷爱着你

距离智利首都圣地亚哥130公里的地方有个小镇，叫瓦尔帕莱索，它有个很美的中文昵称叫“天堂小镇”，那是智利的第三大城市。

瓦尔帕莱索最出名的便是它许多连接山顶到城市间的电车，以及被联合国列为世界文化遗产的充满南美迷幻色彩的房屋涂鸦。

但其实在这小镇的民间，还有个关于爱的传奇故事。

玛丽亚婆婆已经六十五岁了，老公在十年前出海的时候罹难了，两个儿子已经各自结了婚，离开了老家，一个在圣地亚哥的旅游公司做司机，一个去了阿根廷的首都布宜诺斯艾利斯做外交工作。

她的家位于瓦尔帕莱索的海拔最高处，从海边顺着一条上坡路一直开，开到最顶端的其中一间满是涂鸦的大木屋就是，家不大，但够她一个人和黑皮诺在里面生活得很好了。

黑皮诺是只陪伴着她的狗。它并不是黑色的，而是只杂交的金毛巡回犬，叫这个名字只是因为玛丽亚和辛迪最喜欢喝的智利红酒就是黑皮诺。

金毛巡回犬是个十分聪明的犬种，智商相当于六七岁的孩子，它们天性善良、善解人意，但因为太善良了，所以很少有人敢把它们当成看门狗，因为小偷进来它们可能不会叫不会咬，甚至还会摇着尾巴欢迎，并用慈祥的目光目送他们带着偷来的东西远走。

黑皮诺是金毛里的另类，因为可能带有狗爸特殊的血统，它凶起来的时候敢和藏獒干架，却把自己所有的温柔都留给了玛利亚。

黑皮诺的妈妈辛迪是玛利亚捡来的一只流浪狗。在那个小镇上，流浪狗跟游客一样多，善良的玛利亚经常会拿一些剩饭剩菜喂那些流浪狗，但只有黑皮诺的妈妈辛迪一直跟着她，最后用它那楚楚可怜的眼神感动了玛利亚，从流浪狗中脱颖而出，成为了她家的一员。

因为孩子都不在身边，玛利亚就把辛迪当成女儿一样宠。狗狗也很懂事，很珍惜这个将自己从流浪生涯里解救出来给了自己一个家的老婆婆。

除了不离不弃的陪伴，辛迪还可以感受到玛利亚的喜怒哀乐，会在她难过的时候趴在她的身边，用头蹭着她的脚，将脖子挂在她的膝盖上瞪着大大的无害的眼睛温柔地看着她，看到玛利亚在喝黑皮诺的时候还会呜呜地乞求一口酒来喝。每当这个时候，玛利亚的心情就会莫名地好起来，也给辛迪倒上小半杯红酒，一人一狗，对酒当歌。

玛利亚的两个儿子都很孝顺和富有，他们每个月都会给母亲寄钱，让她买些好吃的，不要出去工作，但玛利亚闲不住，她总是喜欢自己做一些有智利特色的纪念品去镇子里卖给游客，价格不贵，却可以让游客更多地了解自己的家乡，不赚钱，她也很开心。

辛迪就每天跟着她去做这些小买卖，可爱的它也是吸引客人的一大法宝，很多人愿意过来跟狗玩，顺理成章地就会买一些纪念品。

有一天做买卖的时候，不知道从哪里来了一条大黑狗，看到辛迪之后便待在摊位旁边不走了，游客看到那架势，都不太敢过来。

玛利亚看到辛迪的眼神，笑着对它说："这要是你的黑马王子，你就跟着它去吧。"

辛迪舔了舔玛利亚就跟黑狗走了，玛利亚笑了笑，心里想着这闺女大了遇到真爱也是极好的，总之比陪着自己这个糟老太婆好。

晚上收摊的时候，辛迪跑回来了，玛利亚笑骂道："你这爱情终究还是输给了亲情呀！”辛迪兴奋地舔着她的手，头一直往她腿上蹭。

没想到的是，辛迪怀孕了，玛利亚无奈地先暂停了卖纪念品的买卖，专心做起了等待女儿临产的慈母。

那只肇事的大黑狗不知道从哪儿找到了家里，居然也是只有情有义的狗。

玛利亚想叫它进家里，辛迪却凶它不同意，看来这闺女还是有自己的主见的，不能让其他物种进来，怕伤害玛利亚，于是这痴情的大黑狗就待在她们家周围，偶尔会隔着老远看看她们，辛迪也会拖着怀孕的身体跟它出去玩一会儿，不过天黑前都会回家陪着玛利亚。

动物很多时候比人单纯多了，我想你了我就来看你，没有那么多套路，你想我了我们就一起出去奔跑一会儿，没有那么多尔虞我诈。

大约两个月后的某一天，辛迪突然有些坐立不安，在玛利亚身边绕来绕去，发出呜呜的声音。玛利亚马上意识到，它的生产时间到了。

玛利亚喊来了村子里的接生婆，虽然是接生狗，但她觉得应该跟人也没多大差别。

辛迪躺在玛利亚特地为它准备的草席上，泪眼汪汪地看着她，却没有发出任何声音，可能是怕影响到她们的接生。

第一只狗崽很快生下来了，辛迪看到玛利亚抱到它眼前的小奶狗，眼神里虽然含着泪，却有股慈母般的感觉。

但第二胎开始就出问题了，不知道是因为小狗太大的关系还是里面有东西卡住了，俩人忙活了半个小时都还没有将第二只顺产下来，急得玛利亚满头大汗，接生婆也一筹莫展。

辛迪的表情越来越痛苦，看着玛利亚的眼神带着哀求的情绪。

接生婆建议破腹，玛利亚怕自家这卫生设备无法满足紧急的需求，在她抚摸着辛迪的头对它说出这个办法时，出人意料地从辛迪的眼神里看到了同意的意思，那一刻，母性的坚强在它眼中闪耀。

四个小狗顺利地从辛迪的肚子里取了出来，辛迪却在最后看了它们一眼之后就转向了玛利亚，它的眼神里满是女儿对妈妈的那种爱，低声呜呜了两声，玛利亚流着泪靠近它的头边，它温柔地看着玛利亚，竭尽全力地将自己的头靠近她，最后舔了舔她的脸，就闭上了眼睛。

黑狗在门口徘徊了好久，却再也没有等来属于它俩的爱情。

玛利亚将其中两只狗送给了附近的村民，一只送给了镇上的保安队长，只留下一只，取名黑皮诺，那是她最爱喝的智利红酒，以前一人一狗在家时也会给辛迪喝上一点。

黑皮诺遗传了辛迪的一身金毛，但脾气似乎有些像那黑爸，并没有辛迪那么温驯，能发出叫声的时候就对着屋外不停地叫，玛利亚打它都不能阻止它叫。

玛利亚心里难过：因为你们几个，辛迪都去世了，结果出生之后，你这般熊样，你对得起你死去的妈妈吗？她想着还是将这黑皮诺也送走吧，狗走家散，一了百了。

正在找人家收养的那两天，黑皮诺突然就不叫了，窝在玛利亚脚上，用前爪扒扒地，用舌头舔舔玛利亚，再看着她低声叫两声。发现情况不对的玛利亚将它抱了起来，发现它身上好烫好烫。

送到镇上唯一会看狗病的兽医那儿，检查了一番之后，他告诉玛利亚，这狗得了“细小”，很大概率会死掉，建议她不要浪费钱去尝试了。

玛利亚看着黑皮诺，平时十分吵闹的它此刻十分安静，眼泪汪汪地看着她，玛利亚在它的眼里看到了辛迪的影子。

玛利亚拿出了儿子给她寄来的钱，拜托医生，不管怎样，都要试一试。

接下来的两周里，玛利亚每天往返于自己家和兽医那儿，黑皮诺虚弱得只能住在医生给它安排的一个小狗笼里，每天打针吃药挂点滴，论医疗环境，比镇上好多成人都好了，只因为玛利亚不计成本地想要尽尽人事。

“细小”好了之后，黑皮诺又染上了肠胃炎，鬼门关刚回来又走了一回奈河桥，狗生坎坷。医生前后下了好几次死亡通知书，奈何这狗意志力坚强到可怕，硬是挺了下来，两周后居然痊愈了。

玛利亚将它接回家里，发现黑皮诺跟生病前判若两狗，也许是感受到了玛利亚为了救它的诚意，回到家后乖到不行，像个迷途知返的孩子终于回到了妈妈的怀抱。

动物的世界很简单，它们敏感且感恩，你若对我好，我必拿生命去爱你。

花光了积蓄的玛利亚没有跟儿子们说任何事情。本来她就不是一个贪图富贵的老太婆，自己一个人和一只狗，怎么过都行，不用让家人担心，等确定黑皮诺的病情不再反复了，她也就可以放心地出去卖一些纪念品赚点生活费了。

当玛利亚提着个装满纪念品的盒子准备出门时，她轻声对黑皮诺说：“外婆要出门去赚钱买吃的给你，你乖乖地待在家里好不好？”

黑皮诺仿佛听懂了一般，却没有顺着她的意，居然主动地冲上去叼起了箱子，往门口走了两步，回头看着玛利亚摇着尾巴。

玛利亚有些吃惊，也有些欣慰，笑着拍了拍它的头，任由它叼着盒子跟在自己的身后走向了游客最多的港口边。

看到一人一狗来到港口边，周围的小孩都围了上来，黑皮诺发出了低沉的叫声，玛利亚像教育孩子般告诉它，必须对人展现出友好的那一面，它便乖乖地趴在了玛利亚身边，却还是不太想亲近那些跑过来想找它玩的小孩。

旁边一个卖明信片的老朋友看到后问玛利亚：“你也好久没来了，辛迪呢？”

玛利亚叹了口气：“去世了，这个是它的儿子黑皮诺。”

游客多的地方生意就是好，玛利亚精心制作的民间手工艺品很受大家的欢迎，一天时间下来，她就卖了一大半的纪念品，看看时间不早了，就收起了盒子，趴在一边的黑皮诺马上走过来叼起了盒子，摇着尾巴跟在她身边。

玛利亚和黑皮诺的感情越来越好，黑皮诺像个懂事的孩子，在担起辛迪的那一份陪伴的同时，还会很懂事地帮玛利亚做些事，她在做手工活时，只要指指什么材料，黑皮诺就会摇着尾巴过去叼过来，买卖的过程中，它也会摇头摆尾地讨好路过的客人，即使这并不是它的本性，但它知道这能帮助到生意，就愿意委屈为之。

圣诞节和新年马上要到了，玛利亚的两个儿子都打来了电话，说要在新年前带着老婆孩子回来看她。

黑皮诺感受到了玛利亚接完电话后的开心，也摇着尾巴在她身边转来转去。玛利亚拍拍它的头说：“你马上要看到我三个可爱的孙子孙女啦，你要记得，他们都是我最爱的人，也是你要去爱护的人哟。好了，我们去集市吧，这几天游客多，我们多卖点东西给孙子们准备新年礼物吧。”

黑皮诺听到这话，马上叼起了玛利亚的手工箱，跟着她往山下走去。

来到集市上，节日前的游客特别多，玛利亚带着黑皮诺从人群里挤到了她一直待着的那个摊位上，却发现那里已经有两个人摆着各色本地的土特产在招呼着路过的游客。

玛利亚有些诧异地问他们为何在自己的摊位上，要知道从第二次回来之后，这些摊位已经开始收费了，而且相对于收入来说，租金并不低。

那俩人笑着看着玛利亚说：“这个摊位现在是我们的了。”

黑皮诺感受到了另类的气氛，它放下嘴里的箱子，对着俩人发出了低沉的哼哼声。

旁边卖明信片的老朋友赶紧把玛利亚拉到一边：“这两个人是地头蛇的亲戚，看着这集市生意越来越好，也想来分一杯羹，可能感觉你一个老太婆好欺负，今天一来就直接去了你的摊位摆上了。”

“这也太欺负人了吧，看我是一个老婆子就这么干吗？我要找他们说理去！”

玛利亚回到摊位上，那俩人点起了烟，笑嘻嘻地看着她，一副很欠揍的表情。

玛利亚大声地说：“你们现在马上离开我的摊位，要不我就报警了。”

其中一人收起了笑脸，恶狠狠地甩掉了手上的烟头：“你报警呀！那你以后再也不要在这附近混了。”

玛利亚脸色一变：“你们不要欺人太甚了。”

另外那人也丢掉了烟头：“就欺负你怎么啦？”说着，还抬起脚要踢她放在地上的箱子。

“嗷嗷。”那脚还没来得及落下来，就已经被黑皮诺咬住了，虽然玛利亚没有说话，但它已经感受到了这俩人对主人的恶意。

那人痛得大喊起来，另外那人一惊，抬起腿来要踢黑皮诺，黑皮诺一闪，反身扑倒了那个人，正要下嘴撕咬时听到了玛利亚的叫声：“黑皮诺，不要啊。”它便没有下口，而是拿前爪按着那人的肩膀，盯着他发出很低沉的警告声。

过了一会儿，地头蛇带着几个手下匆匆地赶了过来，看到那俩人躺在地上动都不敢动一下，黑皮诺凶狠地盯着他们。

“这肯定是一个误会，玛利亚，我们也是老朋友了，你叫你的狗先走开。”地头蛇对着玛利亚开口了。

“你们这样简直欺人太甚了，租金我可是一分没少地按时交给你们的。”玛利亚明显还在气头上。

“好好好，我答应你，摊位还是归你，再赔偿你一些钱作为今天的损失费可以吗？”

玛利亚想了想，对着黑皮诺说：“走了，我们回家。”

黑皮诺马上离开了那俩人，跑过来叼上了箱子，摇着尾巴跟在玛利亚后面走了。

看到一人一狗走后，被咬到脚的那个流氓啐了一口痰，恶狠狠地骂了几句，却被老大一巴掌打在头上：“还嫌不够丢人吗？”

集市，老婆婆暂时不去了，专心准备着过年给孩子们的食物和礼物，黑皮诺陪着她静静地等待着新年的到来。

终于在新年的前两天，两个儿子带着老婆孩子一起回到了玛利亚家，一家数口人把不大的木屋挤得满满当当的。玛利亚的嘴自从他们回来就没有合起来过，还将黑皮诺介绍给他们，懂事的黑皮诺不但没有发出叫声，还很快和三个孩子打成了一片，那温驯乖巧的样子和在集市上的它判若两狗。

一家人围坐在桌前吃着火鸡，分享着这一年来的趣事，黑皮诺被赏赐了一大盘肉和一大杯黑皮诺，趴在旁边啃得不亦乐乎。

酒过三巡，大儿子说话了：“妈，我和弟弟商量着把你接到圣地亚哥去，我在阿根廷那么远的地方，你一个人在这镇上我们真的不放心。”

旁边的孙子跟着起哄：“奶奶跟我们一起住吧，我们可想你在身边了。”

玛利亚想了想：“那也行，正好这次集市事件之后我也回不去那个地方了，我在家做点手工艺品去卖给圣地亚哥的游客吧。”

大儿子和二儿子都开心起来，举起酒杯碰了一下，说道：“那我们过完这个年就出发，黑皮诺你看看放在谁家。”

趴着的黑皮诺听到自己的名字，抬起头竖起了耳朵。

“什么？为什么要把黑皮诺留在这里？我要带它一起去！”玛利亚有点激动。

“不是，妈，我们在圣地亚哥住的是公寓楼，里面禁止养狗的。”二儿子赶紧安抚道。

玛利亚声音大了起来：“黑皮诺不去我也不去，我不能把它一个人丢在这儿。”

大儿子摸着玛利亚的手说：“妈，黑皮诺这么乖，它可以在这里很好地自己生活的，你也可以经常回来看它呀。”说完，还对三个孩子使了个眼色。

三个孩子都来到了玛利亚身边，一口一个奶奶，叫得玛利亚有些心醉，最后实在架不住这波温柔的攻势，勉强答应下来。

旁边的黑皮诺听不懂人话，却似乎感觉到了些什么，开始有些焦躁不安，玛利亚摸了摸它的头，它才安静下来。

春节过完后，一家人准备起程了，玛利亚叫来了村子里的保安队长，他带来了黑皮诺的亲兄弟，两只狗见面之后热络了好一阵，玛利亚也叮嘱黑皮诺，这是友非敌。

当全家人准备上车的时候，黑皮诺发现了不对劲，撇下兄弟跑向玛利亚，用哀愁的眼神看着她发出呜呜的叫声，玛利亚看到它这样，心都要碎了。

最后在家人的催促下，她蹲下来抱着黑皮诺的头说："乖，外婆只去很短的时间，你在这儿乖乖地待着等我。"

黑皮诺似乎听懂了，但还是不肯放玛利亚走，最后没办法，玛利亚只能给它拴了条狗绳，叫保安队长牵着。

玛利亚上车之后，回头看到黑皮诺叫个不停，一直要追车，但被队长牢牢牵着，它回头想咬，又想起玛利亚之前的叮嘱，只能回头看着越开越远的汽车，哀号不止。

车上的玛利亚流下了眼泪，旁边的孩子紧紧地抓着她的手安慰着。

玛利亚来到圣地亚哥，住进了二儿子的家，每天都很想念和担心黑皮诺，每隔几天都会打电话给保安队长，问问黑皮诺的情况，队长说可以感受到它的不开心，每天都会趴着看着山顶上的木屋哀号几声，但因为狗兄弟陪在身边，没出什么大事。

每次打电话，玛利亚都会要求队长把听筒放到黑皮诺耳边，黑皮诺一听到她的声音，马上会变得高兴起来，尾巴摇个不停，还一直舔话筒，但只要电话一挂掉，它马上会变得很低落，趴在地上一动不动，队长每次都感叹，这狗也太通人性了。

一个周末，玛利亚照例给队长打电话，问到黑皮诺的情况时，他却有些支支吾吾，她紧张地叫他把电话递给黑皮诺，他却没有照做，而是抱歉地说前天晚上黑皮诺咬断拴着它的绳子跑不见了。

玛利亚在听到的那一刻急疯了，挂了电话就叫儿子准备车子要回小镇上，当她急匆匆地走出小区在马路上等车时，惊奇地发现在路边不远的地方蹲着一只全身看不出颜色的狗，她刚要喊，那只狗就发现了她，以很快的速度摇着尾巴冲了上来，到近处一看，居然是黑皮诺。

玛利亚抱着黑皮诺在路边哭了起来，黑皮诺开心地舔着她的脸，黑黑的身体不断开心地摇晃着，天知道它是怎么找到这里的，天知道它受了多少苦才能找到这里。

这时候儿子开着车过来了，看到这一幕有些蒙，然后玛利亚便带着黑皮诺上了车，交代儿子，现在马上开回瓦尔帕莱索，回到她和黑皮诺的家。

回到山上的小屋后，黑皮诺变得异常乖，动不动就过来蹭蹭玛利亚，用它那天真无邪的大眼睛泪汪汪地看着她，仿佛在说着不要离开我了好不好，玛利亚总会抚摸着它的头安慰着它，答应它以后再也不离开它了。

过了一段时间，玛利亚这闲不下来的个性又开始作祟，集市是回不去了，她便跟着镇上几个老婆婆一起，每天带着黑皮诺去高速公路收费站旁边卖纪念品。智利的高速公路跟中国的不同，这种路边的买卖是被允许的。路程虽然远了点，但有黑皮诺帮她叼着重重的箱子，倒也不算很累。

那段时间从瓦尔帕莱索前往圣地亚哥的各国游客，总能看到一幅很温馨的画面：一个上了年纪的老婆婆热情地在车窗旁推销着当地的土特产，旁边还跟着一只金毛摇着尾巴卖着萌、泪眼巴巴地看着车窗里的游客。每一个路过的人都会被这幅画面感动而买上一点纪念品，甚至还有游客下车和他们拍照，可惜当时没有抖音，这么温馨的画面也只能留在游客的相机里。

一个霞光飞扬的傍晚，玛利亚看到趴在旁边的黑皮诺已经渴得吐舌头了，便笑着叫它准备回家了，这时正好一部奔驰商务车往收费站开来，她便叮嘱着黑皮诺在这儿等着，做完最后这单便回家，黑皮诺听话地摇了摇尾巴。

坐这类车的一般都是比较有钱的游客，果然车窗一开伸出一个肥头胖耳戴着大金链子的外国人的脸，脸上像写着四个字：我很有钱。

玛利亚堆着笑脸用英文打了招呼，并且将手中的纪念品箱打开让其观赏，肥头也十分感兴趣地拿起好几个纪念品，选了两个便叫后座的人买单，后面的窗子打开的同时，玛利亚听到了一个有点熟悉但很令人讨厌的声音："谁敢在我们的地盘上让我们买单？詹姆斯老板，你只管拿走就好。"

玛利亚定睛一看，这不就是上次集市强占她地盘的地痞流氓吗？她赶紧叫了一声黑皮诺，黑皮诺听到声音用最快的速度冲了过来，半路就看到了那张脸和闻到了那讨厌的气味，它的嘴一下张了开来，牙齿咯咯作响，一下子扑到了车窗上，恶狠狠地望着他。

那个流氓一看到黑皮诺吓得半死，连忙说着对不起，赶紧从口袋里拿出一大把钱，不管多少，塞给了玛利亚。玛利亚收到钱后叫了一声，黑皮诺才从窗子上下来，末了还对着他低吼了两声。

玛利亚带着黑皮诺走了，詹姆斯哼了一声："罗德尔，你真是个夙包，你们找我的合作我要重新考虑一下了。"

罗德尔赔着笑安慰着，心底却有一万只草泥马在奔腾，心中对玛利亚和黑皮诺的怨念更深了，他本来就是一个睚眦必报的小人。

岁月不饶人，玛利亚还是没抵挡住岁月在她身体里留下的隐患，在连续多日风吹日晒之后，她终于病倒了，发了很高的烧，躺在床上动弹不得。

黑皮诺紧张地在床边绕着圈，时不时趴在床边感受着玛利亚身上的高温，还会叼水杯过来让她喝水，但温度一直不见下降。玛利亚已经烧得有点意识模糊了，凭着本能抱着黑皮诺。

聪明的黑皮诺察觉到这么下去不是办法，它慢慢地从玛利亚的怀抱里撤了出来，轻轻地走出了家门，之后一路狂奔，来到了镇上那个兽医的诊所，对着他一直叫，还用嘴去咬他的裤脚，发出了呜呜的祈求声。

兽医看到这情景，猜测玛利亚出事情了，他急忙关了诊所，带着一个急救箱跟着黑皮诺一路小跑来到了山顶的小木屋。

一番紧急救治后，玛利亚的体温渐渐平稳下来，但身体还是无比虚弱，兽医最后给玛利亚喂了一些退烧药，交代她好好地睡一觉，话还没说完，玛利亚已经沉沉地睡去，黑皮诺舔了舔兽医的手表示感谢，之后便趴在玛利亚的床边深情地望着躺在床上的她。

半夜里，守护在床边已经入睡的黑皮诺突然察觉到有人接近，它警惕地站了起来，却发现那人没有再接近木屋，而是对着这里扔出一个很沉的东西，黑皮诺冲到门口，看到了一个匆匆跑走的背影，还没来得及去追，它就发现小木屋已经开始燃烧起来，火势立刻变得很大，刚才那个人应该是丢了类似汽油弹的点火装置。

黑皮诺冲着那人逃走的方向怒吼了两声，然后急忙冲进屋里，想叫醒玛利亚，它在床边着急地叫了几声并且用头一直在拱她，但玛利亚没有反应，继续沉睡着。

火势越来越大，黑皮诺冲出门外，往有房子有人的地方跑去，一路狂吼着，周围的野狗听到喊声都跑了过来，也跟着它一起狂吼起来，终于有人不耐烦地开了灯开了门，发现了木屋着火后开始大声求救并且打电话报警了。

醒来的人们纷纷提着装满水的水桶往山上赶去，黑皮诺一狗绝尘冲在前面。

火是狗少有的天敌之一，一般狗只要看到有火星都会选择远遁，自然规律如此，黑皮诺内心的恐惧可想而知，但它想要救主的心却在此刻超越了世上的任何规律。

在它看到众人水桶里的水都只是杯水车薪，根本无法抑制火势之后，它加速冲进了茫茫火海，义无反顾地冲向它爱的她，众人惊呼却根本拦不住，在场的老人家已经开始画十字祈求上帝的保佑。

两分钟后，黑皮诺竟然将玛利亚背出了火海，谁也不知道它是怎么做到的，但它全身的毛都快被烧光了，身上有的地方还在冒着火星和烟。

众人赶紧接过玛利亚，却发现她已经没有了呼吸。

出葬那天，两个儿子带着家人都回来了，孩子们泣不成声，村民们也自发来送这个善良有人缘的老婆婆。

家人发现了黑皮诺，它一瘸一拐地跟在队伍后面，但不管谁叫它都不过来，就这么远远地跟着，一身被烧伤的黑色伤痕在阳光下那么刺眼。

当人们把土填满插上简易的木牌后，家人们张罗着大家下山，请他们吃饭，走到一半时，大家发现黑皮诺来到了玛利亚的新坟前，看了看木牌，闻了闻泥土，便趴在了坟墓旁边，低着头仿佛在抽泣着，隔着那么远都能感受到它的悲伤。

后来，只要有人经过或是去看玛利亚，都能看到黑皮诺静静地趴在那儿，看到人经过的时候，它会警惕地抬起头，感受到人的善意后，它又继续低下头趴着。

兽医也来过一次，安抚着黑皮诺，给它看了一下烧伤，烧伤很严重，兽医想把它带回诊所去治疗，但它就是不肯离开玛利亚的坟。兽医没办法，这种程度的烧伤，也只能尽人事听天命了，给它全身涂满了药物并且留下很多狗粮之后，兽医叹着气离开了。

几天之后的一个晚上，在集市边有个爱尔兰酒吧里，三个人正在喝着啤酒吹着牛皮，脸色通红的他们显然已经喝了不少。

这时门口传来盘子掉地以及人的惊呼声，三人一起转头，看见一个由远及近的黑色身影向他们扑过来，扑倒了其中一个人。

酒吧里一片混乱，那个黑色身影不管周围的人拿什么东西打它都一直坚持着用爪子抓、用嘴咬着自己身体底下这个男人，片刻之后，场面已经有些血腥了，最后那个黑色身影终于放开了那个男人，摇摇晃晃地往酒吧外跑去。

旁边两个吓傻了的男人这个时候才赶紧去看倒在血泊里的那个人：“罗德尔，罗德尔……”

黑皮诺一瘸一拐地往山上走着，它已经跑不动了，今天感受到自己的大限将至时，它唯一的想法就是去找出那个纵火的人，那个曾经两次跟玛利亚起冲突的流氓，既然落后的镇子里警察无能抓人，那这个仇它就自己来报。

用尽了最后的一些力量撕咬罗德尔之后，它强撑着往玛利亚的坟墓走去，就算是死，它也希望死在它最爱的人身旁，生前不离，死后不弃。

得到通知的家人赶到了玛利亚坟前，黑皮诺闭着眼睛趴在坟旁，满身的伤痕，脸上却十分安详。

他们流着泪将这爱主护主的忠犬葬在了玛利亚旁边，木牌上写着：黑皮诺——玛利亚的孙儿。

有些情感，淡然无声，你用你的时间来陪伴我，我用我的生命偷偷爱着你。

舞之梦

对于很多人来说，梦想就是虚无缥缈的代名词，你可以否认关于实现梦想的可能性，但希望你还有梦想。

1

20世纪90年代初，在“叶氏街舞培训班”不大的教室里，叶知秋看着面前刚排完齐舞的七八个青少年，脸上露出了难得的微笑。

“你们一定要记得老师的话，街舞不会发出声音，但却能精准地传达舞者的喜怒哀乐。街舞并不只是一种炫酷的锻炼方式，虽然只是身体线条的视觉效果，但你们却可以用身体去表达万事万物，赋予它真正的灵魂。”看到孩子们都很认真地接收着他关于街舞的理解，他十分欣慰，接着说，“今天的课到这里就结束了，明天老师要去参加中国街舞大赛的总决赛，所以课程暂停一天，你们有时间的话可以去现场给老师加油哟。”

“好的，老师，我们一定去。”小孩们脸上都露出了期待的神情，老师终于进入了他期盼已久的中国街舞大赛的决赛，孩子们都与有荣焉。

稚气未脱的叶子诺大声喊道：“爸爸加油，你一定能拿到冠军，代表中国去打败外国人。”

叶知秋无奈地摇摇头，略微有些严肃地纠正儿子：“叫叶老师。我跟你们说过多少遍，在街舞的国度里，没有国界，没有强弱，没有胜负，有的只是对舞蹈的无限热爱和与其他舞者惺惺相惜的友情。”

话虽这么说，叶知秋却知道，他对这场决赛已经等待得够久了，这一次国内比赛的冠军可以代表中国去参加在法国举行的世界街舞大赛，是带领中国街舞走向世界的机会，自己一定要牢牢抓住，不管对手是谁，他都会尽全力拿下冠军。

叶知秋看到最后一个孩子被家长接走之后，把教室的门锁了起来，转身看着一脸苦相的叶子诺，故作严厉地说：“你妈还有半个小时才到，现在是你今天的加练时间。”

“爸爸，今天的街舞我做领舞已经够累了，可不可以休息啊？”叶子诺发出一声哀号。

“子诺，你天资聪颖，跳舞的天赋甚至在爸爸之上，但天才是由1%的天赋和99%的努力堆砌而成的，要想到达前人无法企及的高度，除了努力练习再无他法，你要永远记得——汗水会说话！”

叶子诺低声呢喃着：“汗水除了脏和臭，就没有跟我说过话。”话音未落，看到爸爸皱起的眉头，赶紧老老实实地练习起来。

半小时过后，气喘吁吁的小子诺终于完成了练习，虽然疲倦却开心地喊着：“耶，下课了，叶老师变回爸爸了。我要上爸爸的肩膀。”

叶知秋松开了皱着的眉头，略带宠溺地看着儿子，打趣道：“你已经是大孩子了，爸爸快抬不起你咯，要不，我叫你妈进来抬你？”

子诺一副小大人的鬼精灵模样：“爸爸，其实我不是不想走路，而是要在你的肩膀上感受你身体震动的节奏与幅度，这也是一种街舞的练习哟。”

许棠推着自行车等在教室外，看着叶知秋抬着子诺用特定的节奏走了出来，欣慰地笑着招招手。

叶知秋把子诺放在单车前面的特定儿童座位上，偏了偏头对许棠说：“抓好了，老婆，咱们回家咯。”

夕阳映着一家三口的身影，微风似乎也呢喃着幸福。

2

当许棠牵着刚从小学放学的子诺来到比赛会场的时候，只听到现场的大广播里传出了声音：“经过大半天的角逐，来自北京的叶知秋和来自上海的阿星终于会师在总决赛，让我们拭目以待谁将获得最终的冠军，代表中国参加在法国举行的世界舞王大赛。Hello DJ, let’s start the party yo.”

叶子诺兴奋地拉着妈妈往人群里挤去，边走边喊着：“让一下让一下，那是我爸爸。”众人被他童声童气的话逗笑了，都自觉地给他们母子俩让出了一条通往舞台的过道。

站在台上的叶知秋和阿星先是握了握手，互相问候了一下。同是一个圈子里的高手，他俩早已是老朋友了。随着随机音乐的响起，两人都冷静严肃起来，毕竟第一次代表中国去参加世界大赛，这个诱惑对他俩来说都是很大的。

比赛分五轮，分别由DJ随意打出五首音乐，最后由现场的五位评审在每一轮都打出分数，五场胜三场的那个人就是今晚的冠军。

前四场俩人各赢两场，打得难解难分，终于来到了决定胜负的第五场。

第五场由阿星先跳，他跟着节奏跳起了自己最擅长的Hip-Hop，在中间还加了几个地板动作，虽然是不同舞系，但他完成得十分完整，博得了现场观众的欢呼和掌声。

叶知秋看了看台下捏紧小拳头的子诺和用目光给自己鼓励的许棠，慢慢地放松自己的心情和身体，准备在第五场放出自己准备已久的绝招了。

音乐起，叶知秋还是从最常规的Popping开始，柔和的身体踩着音乐的步点尽情释放着独特的魅力。当音乐渐渐推向高潮终于到达顶点时，叶知秋出人意料地做出了一个非常规的鬼舞步动作，有些类似于迈克尔·杰克逊的月球漫步却又比那个难上许多，音乐的点也卡得十分完美，现场懂街舞的人都发出了惊叹声，甚至有一个裁判情不自禁地站起来鼓掌，很明显，他成功了。

比赛结果没有出乎大家的意料，叶知秋以高分拿下了第五场比拼，获得了代表中国去法国参加世界街舞大赛的资格。

台上的主持人宣布完冠军之后将话筒交给了叶知秋，希望他说几句话，叶知秋还喘着气回想着刚才的比赛，在全场逐渐安静下来的时候，他听到了一声稚气的叫声："爸爸爸爸，耶，我们赢了。"

叶知秋看了看台下的子诺，说道："我有个不情之请，可不可以请大家让让路，我的爱人和孩子现在就在舞台下面，能让他们上来吗？我想近距离地跟我最爱的人分享我的快乐，如果不是因为他们的支持和鼓励，也许我现在正跟许多人一样穿着西服，坐在办公室的电脑面前日复一日地做着自己不喜欢却不能不做的工作。”

来自《南方周末》的叶伟作为现场少数的几个记者，拿着手中的相机拍下了这一珍贵的时刻，照片里的叶知秋扛着叶子诺，子诺努力举起手上的冠军奖杯，许棠挽着知秋的手轻轻地在他胳膊上一吻，照片里的一家三口都笑得很甜。

颁发奖项与赠送机票的同时，这届比赛的主办方当众宣布，由于现场很多人与他自己都被一家人幸福的样子所打动，所以他紧急联系了总部，得到了一个决定，由公司赞助许棠与叶子诺一同去法国的机票，让他们有机会在叶知秋身边看到属于他的第一届世界街舞大赛。

3

一家人开心地从北京首都国际机场登上了飞往法国巴黎的飞机，第一次坐飞机的叶子诺显得无比兴奋，这么小的年纪就能跟爸爸妈妈一起出国，并且能近距离地看爸爸参加期待已久的第一次世界大赛，他别提有多开心了。

飞机上，一家三口惊奇地发现在决赛场上看到的《首都日报》记者叶伟也在同班飞机上，叶伟对他们笑了笑：“我可能是唯一关心街舞并且自费去法国报道你比赛的媒体记者，但你们不要担心，我不会打扰你们正常的比赛和度假生活的。我只是想把这一历史性的时刻用我的方式记录下来。对了，虽然我是记者，但我也是个头号街舞发烧友。”

飞机降落后，几人被主办方安排好的车带到了酒店，一家人开心地享用着平时很少能吃到的正宗西餐，这时候从开着的电视里传来了关于这次街舞大赛的采访视频。

电视里出现的是美国非常出名的常胜将军James Ed，略带官方地回答了几个关于这次比赛的问题后，主持人问道：“这次是第一次有来自亚洲的选手参加世界街舞大赛，还是来自功夫之乡神秘的中国，您对这个选手有什么看法和建议？”

James微微一愣神，仿佛是第一次知道这件事，接着略带轻蔑地说道：“我只知道中国有个皇上浪费了很多人力物力造出来个并没有什么卵用的长城，没听过中国人也会跳街舞呀！那种广场上一群大妈跳的舞，我觉得就算我儿子Lucas都能赢他吧。”说着指了指正站在旁边看着他的儿子。

许棠和叶子诺一句没听懂，倒是叶知秋听了一个大概，跟妻儿解释了一下他的话，心中略有些愤怒。这时听到子诺的童言：“爸爸去打败他，让他去吃屎。”叶知秋不禁笑了一下，说道：“打败那些看不起你的人的最好方式，就是在比赛场上用最公平的方式在大家的眼前打败他，嘴皮子功夫没用，拿出实际行动最重要。”在他心中，振兴中国街舞这条路，任重而道远。

傍晚的时候，一家三口在门口等了半个小时，才看到安排好的车子姗姗来迟，车子有些老旧，上车之后，听到打着哈欠的老黑司机说：“Hey，哥们儿，我说，你可别跟主办方说我拿这部车接的你，我这上了个大夜班，时间赶不及再回家换上他们给的车了，而且，嘿嘿，你知道这种车也省油，能多赚一点是一点不是？”叶知秋皱了皱眉，没有说话。

车子开上了高速，老黑说：“坐好了，嘿，我们快来不及了，迟到可是要扣钱的。”于是开始加速，时速慢慢到了180公里，车子开始剧烈地波动起来，在一个拐弯处，老黑拼命地踩刹车却没有控制住往旁边急冲而去的势能，高速行驶中的汽车整辆冲坏了护栏，翻下了旁边的公路，在叶知秋发出惊叫的那一刻，许棠本能地把小子诺抱着护在了自己身子底下。

法国医院里，医生来到了叶知秋的病房，对着躺着病床上的他说：“Sorry，我们已经尽力了，黑人司机和您的妻子棠当场死亡，由于棠将她的孩子很好地保护在身体下，叶子诺毫发无伤，只是受到了很严重的惊吓，这种心理创伤只能交给时间去抚平。而你，叶先生，你的右边小腿因为失血过多，送到医院的时候已经坏死，我们不得已只能进行截肢手术。”

叶知秋瞥了一眼空荡荡的右腿裤管，安静且麻木地流下了男人的泪水。

4

五年后，叶伟在新闻上看到了James在美国的街舞比赛中再次获得冠军，几年来基本把街舞领域能拿的冠军都拿了一遍，而在颁奖的时候他带着儿子Lucas上台并且父子俩现场即兴表演了一段，可以看出他的儿子也是个很有天赋的街舞好苗子。

叶伟突然想起了叶子诺，他应该跟Lucas差不多年龄，当年叶知秋可是提过他的天赋要高出自己很多。

叶伟翻箱倒柜找出了几年前他在巴黎写的关于叶知秋的文章《一代舞王梦断巴黎》，当时并没有掀起国内舆论太多的波澜，他不禁感慨国内的街舞不发达，看了一系列的图片，最后定格在决赛场上那张无比幸福的全家福，叹了口气，想了想还是起身去了叶知秋之前的舞蹈教室，想看看他和子诺的近况，毕竟他们也算是老朋友了。

以前充满欢声笑语的舞室早已消失，舞室的门和窗上都积满了灰，门框边缘一个蜘蛛网显示已经很久没有人来过这里了，门上贴着“家事，暂停营业”的字样。

叶伟顺着之前得到的地址来到了一个老旧的四合院，看到原本属于叶知秋一家人的那个房间早已房门紧锁，门口有一辆早已积满灰尘的老式自行车，问过坐在庭院里乘凉的老婆婆，才知道这段日子里发生了什么。

叶知秋回到国内后，心灰意冷，丧妻与梦想破灭的现实让他天天借酒消愁，每天都醉醺醺的，舞室是没法再开了，到最后连基本的生活都很难维持。最可怜的就是叶子诺，每天都被呵斥着去给爸爸买酒，有次买酒买迟了还被叶知秋打了一巴掌。

周边邻里都心疼他爷儿俩，在他们花光积蓄没钱买酒之后还偶尔会资助他们一些饭菜和金钱，总想着他们有一天能振作起来，没想到那些钱还是都被叶知秋拿去买酒了。

终于在几个月后，房东在连续几个月收不到房租之后，忍无可忍地将他们逐出了四合院，他们两个人拿着邻里凑出来的火车票钱，回到了温州老家，之后就音讯全无了。

老婆婆长吁短叹地说出他们的经历时，引得叶伟也一阵唏嘘，曾经是中国街舞的希望，却因为一个变故而连房租都交不起，还可惜了一个天赋极好的叶子诺，只能在心底祝愿他们能好好地生活。

5

法国的悲剧发生之后，心灰意冷的叶知秋带着子诺回到了温州老家，家里还有子诺的奶奶，本来在家安心养老的她因为叶知秋的一蹶不振而开始出去接些针线活养活家人，懂事的子诺常常帮奶奶做点事情，却本能地排斥电视上或者广场上任何关于舞蹈的东西。

叶知秋似乎还没有走出来，但回到家里也收敛了一点，只是每天叫子诺去买酒的习惯还是没有改变，不过因为定量，已经不太会出现烂醉如泥的情况了。

这几天，楼上搬来了一对母女，从搬进来第二天起，每天上午九点，叶知秋都准时能听到一首经典的街舞金曲伴随着踩地板和女生尖叫的声音。终于在几天之后，不胜其扰的他上楼敲开了邻居的房门。

一个跟子诺年纪相仿的女孩开了门，叶知秋刚想训斥，女孩天真烂漫地问道：“叔叔，请问你有什么事情吗？”骂人的话就被吞回了肚子里，叶知秋只能没好气地说了句反话：“你这每天的音乐都很动听啊。”女孩开心地笑了起来：“叔叔，你也喜欢街舞的音乐呀！这是我最爱的一首歌。”

这时，一个年轻的妈妈从屋里走了出来，看到叶知秋后歉然一笑，关了音乐，让小女孩先回自己的房间。之后将门虚掩，小声地对叶知秋说：“对不起，我知道她肯定打扰到你休息了。雯雯虽然已经十八岁了，但几年前得了一场重病，脑子烧坏了，医生说她的智商只停留在儿童阶段，她爸爸也因为这个离开了我们。这首歌是她爸爸教给她的一首街舞曲子，她就不停地跳呀跳呀，似乎伴着这首歌跳舞爸爸就能回来再好好爱她。”她话越说越轻，眼睛里也已经有了一些泪水，可想而知，这段往事在她的心中造成了多大的创伤。

叶知秋有些诧异，原来雯雯也跟子诺同病相怜，而她们家的遭遇也跟自己有些雷同，当然也就不会再继续责备曲子的事情。

叶子诺有些惊奇地发现，自从爸爸气汹汹地上楼软绵绵地回家之后，他不再抱怨楼上嘈杂的音乐声，有的时候甚至会跟着音乐的节拍动动手和那唯一的腿。

一两周之后，连续两三天只有音乐声传来却少了雯雯的跳舞声和欢笑声，叶知秋有些奇怪地来到楼上，雯雯妈妈说女儿生病住院了，但她交代自己一定要每天放这首曲子，因为楼下的叔叔爱听。一刹那，叶知秋似乎感到了灵魂深处的一丝颤动。

雯雯从医院回家之后，叶知秋也带子诺上楼看望了她，他们变成了好朋友，但子诺还是本能地排斥听街舞的曲子，当雯雯邀请他一起跳舞时，他马上变得很不友好，还向她发了脾气，惹得只有孩子智商的雯雯以为自己做错了什么事，泪眼婆娑，子诺连忙道歉，直到答应她会陪她跳舞之后才高兴起来。

当子诺渐渐放下心结开始重新接受街舞时，他那过人的天赋再一次展现，但叶知秋发现他重新开始跳舞的那天又把自己灌醉了，并且大声地训斥子诺不可以忘了是街舞把他们家害成这样的，告诫他这辈子都不要再碰街舞，不然就断绝父子关系。

出于对雯雯的小情愫，子诺只能背着爸爸偷偷地跳跳舞。

6

一个周末，雯雯和子诺相约去逛商场，当路过一个公园时，里面有一群少年正在伴着录音机里的音乐跳着街舞，天真的雯雯跑上去想跟他们一起玩，却被其中一个知道她情况的男生推到了地板上，骂她弱智儿童，别来参加街舞。

子诺愤怒地冲了上去，刚想动手，突然脑海里响起了爸爸的话："打败那些看不起你的人的最好方式，就是在比赛场上用最公平的方式在大家的眼前打败他，嘴皮子功夫没用，拿出实际行动最重要。"

"你们不是觉得自己跳舞很厉害吗？那么你们敢跟我battle吗？"子诺冷冷地看着眼前这个少年。

"哎哟哟，一个弱智，一个白痴，你俩能跳舞，母猪都能上树。一个月后，温州团队街舞大赛，有胆子就报名去，记住了，我们是DX舞团。"那个少年说着还很嚣张地做了个抹脖子的动作。

子诺冷冷地对他比了个中指，留下一句"舞台上见"，便拉着难过的雯雯回了家。

回来之后，子诺开始正式重拾对街舞的热情，瞒着叶知秋跟雯雯开始努力地练习她最熟悉的那首歌，并且翻看了近几年一些街舞比赛的视频，在雯雯能接受的程度上加进了一些有难度的动作。

为了找回身体对街舞的感觉，子诺开始了每天好几个小时的身体训练，除了跑步和俯卧撑之类的基本运动外，他还给自己加了好多跟街舞有关的练习，让身体在练习中慢慢地找回已经有些遗忘的记忆。过程虽然很困难，但他只要一想到那些少年对雯雯的侮辱，就紧咬牙关坚持下来。

叶知秋看到他满头大汗怀疑的时候，子诺就说自己加入了篮球校队。因为跟街舞搭不上边，叶知秋也就没有再理会。

雯雯虽然只有小孩的智商，但也有股不服输的脾气，感动于子诺哥哥为了她跟别人吵架，于是她也十分努力地练习着子诺教给她的每一个动作，心里只想着：无论怎么样都不能拖后腿。

就这样，当他们将那首歌练到十分熟练的时候，温州团队街舞赛开始了。

7

比赛当天，因为怕爸爸察觉到什么，叶子诺巧妙地把平时给他买的36度普通白酒换成了52度的高度白酒，叶知秋在喝下跟平时一样分量的酒后不胜酒力睡着了，他便带着雯雯来到了比赛现场。

DX舞团看到他俩居然真的来参加比赛了，免不了又是一番冷嘲热讽。叶子诺并没有被激怒，而是说道："不如我们打个赌，如果你们赢了比赛，你们随便提要求，但是如果我们赢了，我要求你当着全场的面跪下跟雯雯道歉。"

比赛一共有六个队，每个队完成自己的街舞以后，在主持人喊开始以后由周围的观众发出自己的欢呼声和鼓掌声，以主持人手中的分贝采集器得出获得最高分贝的那一组即为冠军。

抽签之后，叶子诺带着雯雯第一个上场表演，雯雯认真地完成了早已烂熟于心的舞蹈动作，虽然没有太出彩，但贵在动作的完整性以及配合度，他们的舞结束后获得了91分贝。

之后出场的几个队表现参差不齐，最好的队就是DX舞团了，出人意料地也是正好91分贝，在主办方的紧急协调下，双方同意由One on One battle决出胜负。

DX舞团派出了他们的队长，也就是上次侮辱他俩的那个少年，而子诺这边当然就是由子诺出战了。

少年上台之后，脸上带着不屑的表情："你俩虽然舞跳得不怎么样，但是狗屎运还挺不错的耶，但一对一就没有这种运气了，小伙子。"

子诺没有理会，不断地做着热身运动调整自己的状态，当他看向台下时，雯雯朝他挥了挥手，大声喊着："子诺哥哥，加油！"

在全场不断的掌声喧闹声中，叶子诺拿出了无与伦比的专注力，他的耳朵早已自动屏蔽了所有外界的干扰因素，只剩下他所要跳的音乐，和眼前这个他必须击败的敌人。

俩人跳罢，子诺从自己那虚无的状态里出来后，就听到了主持人宣布自己获得了冠军，他看着台下的雯雯笑了，这一刻的喜悦只有他自己知道，他突然也有点明白了当年爸爸喜欢在台上拿了冠军后第一时间和妈妈分享快乐的那种情绪。

台上的少年有些失魂落魄地看着地面，有点接受不了败给子诺这个事实，他正要履行赌约下跪时，被子诺一把抓住："我爸说过，街舞是没有地域、没有国界的，喜欢街舞的人都会成为很好的朋友。"说着他伸出了手，和少年握在了一起，台下的观众看到这场景都鼓掌欢呼起来。

在欢呼声中，叶知秋拄着拐杖在雯雯的搀扶下上了台，原来他早已酒醒，在他们决赛的时候来到了台下。

上台之后，发现子诺又开始跳舞的叶知秋趁着最后一丝酒劲上去就要打子诺巴掌，子诺灵巧地躲过了，大声说道："爸爸，你还要逃避到什么时候！当年你就没有保护好你爱的女人，现在这个愿望由我来实现。"

8

从那天开始，叶知秋剪了头发剃了胡子，也把酒给戒了，自然再也不会阻止子诺跳舞了，而且还经常和雯雯妈妈一起看他们跳街舞，并且适当地纠正他们的动作。

DX舞团也放下心中的芥蒂，和他俩成为了好朋友，时常一起在公园里跳舞。

这天，他们正在公园里跳舞时，DX舞团的石头带来了一个消息，一年一度的KOD马上要在北京举行了，这一次的冠军可以代表中国去参加在法国举行的世界街舞大赛。而在大赛的宣传视频里，子诺看到了骄傲地宣布自己的儿子Lucas一定会是冠军的James Ed，往事像电影般出现在子诺的脑海里，他对小伙伴们说："我要去参加KOD，然后去法国，完成我爸爸没有完成的心愿。"

当子诺回家跟叶知秋说起这件事时，他沉默了半晌，并没有做出任何回应，因为他知道，以子诺的个性，就算不同意，他也会偷偷去的，而且在自己的心里，确实有对当年事情的不甘心。爸爸当年没有完成的梦想，交由儿子去完成，很励志，很正能量，不是吗?

雯雯像个称职的小跟班，子诺做的每一个决定她都无条件地支持，她对子诺那强烈的依赖感，也让子诺下定决心一定要好好地保护她。

懂事的子诺没有向爸爸要去北京的路费，而是和小伙伴们一起在人流量很大的文化广场里找了一个角落，每个傍晚跳舞凑集路费。因为是一群孩子，而且舞又跳得很好，路过的人都不吝给出了零钱，甚至还吸引了一部分年龄相仿的小粉丝。

终于凑够了去北京的路费后，子诺去车站买好了去北京的车票，跟小伙伴们依依惜别，还特地交代他们一定要照顾好雯雯，等他回来。

雯雯见子诺要走，哭成了小泪人，子诺抱着她安慰了半天，直到火车快开了才将她交还给了雯雯妈妈，在爸爸最后的拥抱和鼓励下登上了前往北京的火车。

子诺下了火车后，按照爸爸的要求去了原来的“叶氏舞蹈工作室”，赫然发现舞蹈班里热火朝天，很多大人小孩进进出出，还有不少学生在跟老师学习着舞蹈，然后他就看见了多年未见的叶伟。

原来叶伟在找不到他们一家人后，依旧无法放弃自己喜欢街舞的那颗心，于是从报社辞职，找到了工作室的房东租下了这里，找了一些志同道合的人一起做起了街舞培训，因为他也姓叶，倒是连工作室的名字都不用换了。当子诺要来北京参加比赛时，叶知秋也想到了叶伟这个老朋友，于是打了电话，交代子诺下了火车就去工作室找他。

9

近几年街舞在国内兴起了热潮，越来越多的人开始喜欢上这项运动，主流媒体加网络媒体的大力宣称也给街舞带来了十分正面的影响，叶知秋当年想要振兴街舞的心愿已经在他不知情的情况下被社会实现了。

叶子诺在舞蹈工作室里积极地和同样热爱街舞的小伙伴们一起训练，带着“汗水会说话”这句爸爸教给他的座右铭，他每天都从早训练到晚，直到自己连站起来的力气都没有了才会停下来，因为他知道这几年街舞练习的断层和整个中国街舞水平的提高，已经让他这个当年的天才街舞少年跟大多数人处于同一起跑线了。街舞这东西不像一些用脑的运动，天赋之上，更加需要的是持之以恒的决心和练习。

叶伟在接到叶知秋的电话后，没有任何推脱就答应在北京照顾好子诺。当年的他可是十分看好子诺的，突然的变故让大家都有点猝不及防，也让他唏嘘了许久中国街舞界失去了子诺这个天才，现在机会来了，他当然得好好抓住。

在子诺自己学习练习的基础上，叶伟找了好几个不同街舞领域的老师对他进行辅导，每个老师都对子诺的天赋赞不绝口。

终于在一个月后，KOD如约而至。

在五棵松体育馆举办的大赛吸引了从全国各地来追求梦想的街舞人，同样吸引了几乎坐满体育馆的粉丝和观众，跟叶知秋那时相比，不知道热闹了多少倍。

当叶子诺在叶伟的带领下来到比赛场地时，他惊喜地发现叶知秋带着雯雯一家人还有DX舞团一起来到现场，大家都希望在最近的距离看他拿到中国街舞冠军。

带着大家的希望，叶子诺走上了舞台。

经过大半天的比赛，子诺在八进四时败给了同样来自浙江的选手。其实这已经是一个不错的成绩了，毕竟他在放弃街舞几年之后才刚刚开始恢复训练几个月。当然这不是他想要的成绩，但街舞大赛又不止一届，Lucas也不可能只参加一届，只要他还继续坚持街舞，那么命运总有一天会让他们相遇。

不是每个故事都要有完美结局，故事告一段落后生活还会继续，只要梦想还在，只要追求梦想的心还未灭，故事就一定会有续集。

逃离孤岛

题记

其实在这样一本故事集里，要写两个关于抑郁症的真实改编故事，我的内心是纠结的，但当我身边接二连三地有朋友或是又听说有人因为抑郁症而自杀自残伤害家庭的时候，我的心又坚定了。

在我写完第一本书的时候，得到了很多好的不好的反馈，但让我记忆最深刻也最感动的一刻，是有一个不能算是我真正粉丝的人，无意间读到我的书，凑巧遇见我的时候，她跟我说：“你就是余儒海呀，我要谢谢你，我看你的书治好了我的抑郁症。”

那一刻，我发现大家无意间做的一些小事，可能就会给陌生人黑暗的生命里带来一丝光亮。也许就是那一点光亮，给他们的生命带来了希望，而那个人的背后，背负着一个家庭的幸福。

既然是故事集，我就不放太多的数据和资料了，但有一个数字我想让大家知道：全球抑郁症患者达到3.5亿人，每40秒钟就有人选择自杀，但大部分国家只有不到10％的人愿意选择治疗。而在中国，抑郁症患者有9000万人，但就诊率只有4％，90％以上的患者根本没有治疗，15％最终选择轻生，80％的患者入院治疗后可以治愈。

不要质疑这些数字，不要认为你身边根本就没有抑郁症人群，冰山原理——你所认识的大部分人在跟你交往的过程中其实都只让你看到了他愿意让你看到的那10％，他们怕周围人群的不理解甚至指责、嘲笑，让抑郁症患者讳疾忌医，最终选择了一条无法回头的路。

不喜欢这一类题材的读者建议跳过，其他文字欢迎您，但如果有这类困扰或者身边有类似困扰的朋友，不妨看看。

世界一直有光，就看你是否愿意看见。

1. 如果可以再见你

面对你时我很潇洒，转过身去我想自杀。

——出自《抑郁症》

紫昕在广州遇见文杰那天，她们的部门组织去参加公司的羽毛球团建活动，自己人打得热火朝天之际，走过来个高大阳光的男人，自我介绍是公司地产部的，想要挑战她们部门的人。

紫昕出头问道："你要挑战谁？"

文杰说："你们全部。"

部门的男生不干了，一个个上，一个个输，羽毛球局不欢而散。紫昕和文杰的故事也从那天开始了。

紫昕从小就很难追，漂亮的外表加上温柔的个性，从中学开始就有多少男生趋之若鹜，但能进她法眼的少之又少。

那个年代还没有微信，公司内部的人都用MSN联系，文杰加上紫昕的MSN之后，俩人聊得十分投机，情商很高的文杰总能说很多笑话逗她开心，也能在她工作上遇到困难的时候适当地表示关心和开解，两个人相处起来一点都不累，这让他们的感情迅速升温。

终于在有次唱歌喝酒的时候，文杰趁着酒劲告了白，俩人也顺其自然地在一起了。

在一起之后，文杰还是表现得十分绅士、体贴，会照顾人，紫昕的朋友都说紫昕找了个很好的男朋友。

天有不测风云，文杰因为工作的调动去了深圳，俩人开始了不算太远的异地恋。

有一天，文杰十分开心地给紫昕打电话：“宝贝，你猜我在哪儿？”

紫昕：“这上班点你还能在哪儿？公司呗。”

文杰：“No No No，我在澳门呢，正好今天公司有个项目过来对接，结束之后，客户带我来赌场玩玩，给我拿了1万块的筹码，你猜怎么样，我一个小时就赢了8万块，现在正在奢侈店里给你挑礼物呢。”

紫昕听了也开心起来：“谢谢亲爱的，不过赢了钱就别玩了，快回深圳去吧。”

“好的，放心，周末我去广州找你。”

这段异地恋持续了两个月，直到紫昕觉得越来越搞不清楚文杰的行踪了，而且正好她也被调到了杭州，离得更远了，她便提出了分手。文杰没有回信，也没有来找她。

匆匆半年过去了，一个人在异地的紫昕难免觉得寂寞与想家，只能每天用加班来麻醉自己，过得却不是非常开心。

有个晚上加班到半夜时，她接到了一个电话，是一个熟悉的声音："喂，我是文杰，好久不见啦，你最近还好吗？"

紫昕："还不错。你怎么会知道我的新号码？"

文杰："小傻瓜，你把号码写在MSN上啦。"

紫昕笑了："我那不是因为工作方便吗？没想到你还会去看MSN，现在不是都开始流行微信了吗？"

文杰："对呀，我也刚下了微信，我的电话号码就是，你加一下吧，我们上面聊。"

挂了电话，紫昕加上了微信，听到文杰熟悉却依旧温暖的声音，她的内心起了涟漪。

文杰还在深圳。据他说，他们闹分手的时候，公司的一个项目被相关部门怀疑有内部交易，每个高管的手机都被监控了，提分手时，他很难过，但为了不把紫昕牵扯进来，他只能选择沉默，调查了半年之后，公司被还了清白，他也算沉冤得雪，这才开始重新联系上紫昕，想要追回自己无端逝去的爱情。

紫昕之前其实并不是因为不爱了而分手，听到他这番解释，内心觉得错怪了他，内疚之余，很快地答应了重新在一起。

爱情至上的紫昕毅然辞去了在杭州的工作，回到了深圳陪文杰。

重新交往半年之后，在文杰的请求下，紫昕带他回老家一起过年。

来到紫昕家的文杰展现出了他的高情商，跟她爸妈聊得十分投机，也积极地帮着家里整理打扫，甚至还亲自下厨做饭给全家人吃，爸妈高兴之余也在内心对这个准女婿打了个钩。

年前采购，紫昕带着妈妈和文杰去商场买年货，母女俩看看这个看看那个，这个也觉得好，那个也觉得不错，东挑西拣，却总是拿不定主意，文杰就在旁边呵呵笑着，问他什么都说好。

到了一家衣服店，妈妈看到了一件红色的大外套，试过之后有些犹豫，文杰已经偷偷地去柜台把单买了，说是送给妈妈的新年礼物，妈妈推脱了一阵之后，开心地笑纳了。

回到家里，文杰借故出了门，半晌之后回来了，提着大包小包说："这些都是你们刚才看着挺喜欢但是最终没买的东西，希望我没记错，大过年的，咱也奢侈一回，开心最重要。"

一个年过得快乐祥和，爸妈也很快答应了文杰提出的想要照顾紫昕的请求，婚礼定在三个月后。

结婚的那天，文杰当着所有亲朋好友的面下跪发誓会照顾紫昕一辈子，紫昕在台上泪流满面，嫁给爱情的幸福感真好。

婚后，紫昕也在深圳找到了一份工作，准备和文杰一起努力存钱，为未来的孩子和家庭带来希望，没想到的是，一个之前的同事在婚后没多久就找到了紫昕。

那是她在原来公司的一个朋友，叫阿呆，跟文杰一个部门的，俩人不算非常熟，但也因为文杰的关系见过几次，他来了之后犹豫了半天，跟紫昕说："这事我本来是不想跟你说的，但实在是时间有点久了，我这也有点着急。"

紫昕愣了一下："有事你为什么不直接找文杰？"

阿呆又犹豫了会儿，最后下了决心："不是我不找他，而是他现在都开始避开我了。事情是这样的，在你们交往不久后，他跟我借了60万，说是世界杯输了点钱，说过两个月就给我。因为我们都是知根知底的，而且他那个时候也是部门主管，我一寻思就把存着买房子的钱借给他了，结果这几年过去了，我也就零碎收到几万块，最近家里要用钱，没办法了我才来找你的。"

紫昕有些吃惊："他从来没有跟我说过这事，你等一下，我问问。”说完，不顾阿呆哀求的目光，直接拨通了电话：“老公，你之前跟阿呆借过钱？”

电话那头沉默了一会儿，接着文杰带着笑声说：“是的呢，那个时候要投资一只股票，就跟他借了点，怎么啦？你怎么知道这事？”

紫昕看了看阿呆：“我听说的，没事了，等我回家再跟你说。”

挂了电话，紫昕交代阿呆不要着急，回家弄清楚了，这钱肯定不会少他的。

回到家一盘问，一开始文杰还坚持说自己是去炒股了，当紫昕说出了下午的事情后，文杰突然发疯了似的开始暴跳如雷，砸家里的东西，停下来之后突然哭了，边哭边请求紫昕原谅，说是当时被人骗着去赌球，输了钱，现在一直还不了。

说实话，看到平时那么温文尔雅的一个人突然像变了个人似的，紫昕心里十分震惊，但看到自己心爱的人哭得像个孩子，她的心又软又痛，她哭着抱住了他，安慰他不要这样，每个人都有犯错的时候，钱也不是非常多，两个人慢慢还总能还完。

从那天开始，夫妻俩一起努力，每个月省下来的钱都打给阿呆，终于在一年多后还完了所有的钱。

但在这期间，紫昕却渐渐发现文杰并不是像他表现给外界的那样好，他时常会失眠，就算早睡也会在半夜惊醒起来抽烟，情绪常常十分低落，三不五时就会大发脾气，公司反映他的工作状态也起伏不定，但他正常的时候对紫昕、对紫昕爸妈还是无比的体贴照顾，紫昕常常感觉自己跟个两面人一起生活着。

即使受了委屈，紫昕也从来不会回家去跟爸妈说，爸妈一直以为她过得很幸福，但看俩人一起存不足买房的钱，就给紫昕在深圳买了一套三百多万的公寓房，虽然不是太大，但两口人住是没问题了。

房子刚买不久，文杰有天回家很兴奋地对紫昕说公司内部认购房子，一转手就能赚10万块的那种。紫昕问价钱和周期，文杰说100万，一个月内拿回110万。紫昕踌躇半晌，不好泼老公冷水，而且回报率也确实高，就把刚买的房子拿出来抵押了100万，交给了文杰。

这一个月里，文杰很少发脾气，对紫昕也是照顾得无微不至，紫昕似乎又看到了幸福的未来，同时一个意外突然出现在他俩的生活里，紫昕怀孕了，俩人开心不已，也第一时间告诉了双方家人，分享他们的喜悦。

一次产检完，紫昕突然想起投资款的时间似乎到了，就问起了文杰这件事，文杰找了个理由搪塞过去。

从那天起，只要紫昕问起投资款的事，文杰总是找各种理由推脱，直到有一次实在是躲不过了，他又像之前一样发起了脾气，最后坐在地上哭了起来，边哭边说："你们为什么都要逼我？让我去死好吗？"

紫昕一脸蒙了："我的钱我问难道有错吗？这不是你自己说的一个月赚10万吗？"

最后文杰说那钱拿去做股票杠杆输进去了，紫昕气得全身发抖，身边的护士吓得赶紧叫她冷静，别动了胎气。

几经波折，儿子还是顺利生了下来，有了孩子之后，俩人的关系也没有最初那样美好了，紫昕总觉得文杰在找各种理由骗她，说谎的时候连眉头都不会皱一下，被拆穿后就是一番歇斯底里和威胁寻死，要不是因为孩子，紫昕早就想分开了。

文杰的情绪越来越不稳定，整夜整夜地不睡觉，抽烟喝酒，偷偷哭泣，工作状态一落千丈，公司领导在找他谈过好几次之后终于有一天忍受不了了，叫他去财务科领一个月的工资另寻高就。

文杰回家之后坐在孩子的婴儿车旁，哭得像个孩子，说自己没用，甚至打自己的脸。紫昕有些心疼，坐在身边安慰着他。过了一会儿，他站起来拿出一瓶药胡乱吃了几颗，就说有事要出门，紫昕拦也拦不住。

半夜，紫昕接到一个紧急电话，情急之下只能背着被吵醒哭闹的宝宝赶去了文杰的公司。

文杰坐在车旁边，车头不知道被什么撞得很夸张，身边围着公司的保安和一些加班的同事。

保安告诉她，文杰来了公司之后就大喊大叫，仿佛失去了理智。一个同事告诉紫昕，他在家吃的药是治抑郁症的，文杰之前跟他要的。

将文杰带回家后，当他情绪稳定了，紫昕问他抑郁症的事，他很稀松平常地否认了，紫昕要他去看医生，他也拒绝了，说自己没事，去了医院，别人一定当他是精神病。

紫昕尝试着多陪着文杰，带着他和宝宝常常去小区楼下散步。文杰在人前还是那副温文尔雅的样子，似乎那晚上的事只是一个意外，直到紫昕接到了一个来自他原公司的电话。

“请问你是文杰老婆吗？是这样的，有好几个之前的供货商反映，文杰之前拖欠他们款项，但这些账目都没有出现在公司的账户上。”

紫昕看了看旁边的文杰：“请问有多少钱？”

“几百万是有的了，还是我们知道的这些。”

电话挂了之后，紫昕看到跟孩子玩得十分开心的文杰，忍住了问他的冲动，发微信给他之前公司的好兄弟：陈明，文杰欠别人钱的事你知道吗？

陈明：嫂子……嗯，知道的。

紫昕：多少钱？我把房子卖了还给他们吧。

陈明：嫂子，说实话，别卖，那是你和孩子的希望，杰哥那窟窿太大了，堵不上。

紫昕：你知道他拿那些钱去干吗了吗？从来没有拿回到家里。

陈明：我们估摸着是赌球和网络赌博，但也没有确凿的证据。

紫昕：好的，谢谢你了。

放下手机，紫昕对文杰说："我们离婚吧。"说完，不顾呆在原地的文杰，推着孩子回家了。

文杰回家之后并没有多说什么，只是告诉紫昕，想跟她一起回老家再看看她爸妈，紫昕同意了。

回到老家之后，见完爸妈还来不及说上什么话，文杰就看了看手机，说在深圳有急事，必须赶回去。紫昕也没问什么事，随他去吧。

到了晚上，只要不在一个地方总会每天发微信、打电话给紫昕的文杰没有任何消息，紫昕打电话，他也没接，但她也没有多想，哄着孩子去睡了。

第二天中午，紫昕又打了一个电话，文杰接了，但紫昕发现他有些大舌头，说话不麻溜，问他说没事，接着紫昕要求他打开摄像头，看见他双眼充血，神志似乎有些不清。看到这个情况，她叫他等着，她现在立刻起程回深圳。

妈妈不放心紫昕，跟着她回到了深圳。紫昕在大厅里质问文杰时，妈妈在小房间里发现了地上有个烫焦的印记，并且发现厨房里的锅底部烧得漆黑。

文杰解释，昨晚陈明失恋了，来家里，俩人烤肉喝酒，喝多了便没注意锅烧过了头。紫昕抢过他的手机，发现上面根本就没有他们的聊天记录，也没有陈明的打入电话记录，紫昕冷冷地说："你说谎的时候真的是连眼睛都不眨一下了，你的人生有意义吗？过到众叛亲离了，你还要继续这么骗下去，最可怕的是你连自己都骗。离婚协议我拟好了，你签字吧。"

文杰面如死灰，哆哆嗦嗦地签下了字。

在之后的两周时间里，紫昕收到了好多文杰的微信，上面的内容各种各样，有说要钱的，有说要看孩子的，有说自己活不下去的。紫昕心一狠，一个都没回。之前自己总是心软，一次次给他机会，但他从来没有改好过，只是越陷越深。

第十五天，紫昕收到了陈明的电话——文杰自杀了，烧炭。

紫昕呆呆地挂掉电话，突然想起上次烧坏的锅和房间里的印记，眼泪无声地掉了下来。

每个人的生活都是一部奇幻剧，现实中发生的事情有时候连脑洞最大的编剧都不敢那么写，但生活就是那么戏剧化。

如果文杰在开始发现自己病情的时候就勇敢地咨询就医，说不定结局就不会这样；如果紫昕在发现他有抑郁症的时候强势一点带他去就医，或者是在最后他病情发作的时候能够多陪陪他，用爱温暖他，说不定结局就不是这样。

这个世界上最任性的就是“如果”，它从来不以人的意志为转移，发生的事情，没有什么可以用“如果”去改变。

既成定局，望后来之人引以为戒。

2. 其实你并不孤单

即使你觉得毫无意义，也要允许他人爱你。相信这份爱，为他们活下去。

——马特・海格

小菁是个刚从四川大学毕业的大学生，想继续留在成都找工作，但并不富裕的家里并没有多余的钱供她生活。她先是找到了一个暂时兼职的工作，接着又在报纸上找一些合租的公寓楼，希望可以用最低的生活成本留下来。

当她拿着报纸敲开一个公寓楼的房门时，她看到了一个光彩照人的明媚女子，三十岁不到的样子，微笑地对她说："你好，我叫赵雨萌，你叫我萌姐就可以了。"

小菁进了家门，看到了收拾得整整齐齐的客厅和井井有条的房间，支支吾吾地问："萌姐，你这家看起来不便宜呀，为什么只租1500？"

雨萌笑了笑："其实也没想往外租的，不过我妈总觉得我一个人待着寂寞，我又不让她来陪着我，于是就找个合眼缘的来合租，你要看着满意，房间在楼上，水电宽带你别管了，每个月十五号给我租金就行。不过约法三章，不可以带男朋友回家来住。"

小菁连忙说自己没有男朋友，这么好的家哪能错过？而且离公司也不远，萌姐看起来也是个正能量十足的成功女性。

很巧的是，小菁和雨萌都是双子座，俩人除了长得都挺美之外，性格方面也十分相似，很快俩人便由室友变成了好闺密，无话不说的那种。

雨萌自己经营着网红服装店，俩金冠的淘宝店铺在成都范围内已经算是金字塔顶端了，她经常要去世界各地拍照，一走就好几天，小菁经常一个人享受整个家，不过实习期十分忙碌的她也没有多少时间待在家里。

这天雨萌刚下飞机，就收到了小菁的微信：萌姐，我发工资了，降落了快回家，我点了火锅等你回来吃。

雨萌回道：好的，刚降。

小菁：但我有两个同事一起，正巧也是我老家的，OK吗？

雨萌笑着摇了摇头：没问题呀，只吃饭不可以留宿哟。

小菁发了一个小鸭快溜的表情，接着催促雨萌快点回来。

雨萌到家之后，小菁赶忙拉她过来介绍她的两个同事，一个女的叫小雯，一个男的叫阿瑞。阿瑞看到雨萌时似乎愣了一下神，接着大方地伸出了手。雨萌虽然有些排斥，但碍于小菁的面子就简单握了一下。

一顿火锅吃得宾主尽欢，开心的小菁喝了很多酒，还一直招呼着雨萌跟他们一起喝。雨萌喝了一会儿之后就说累了，要休息了，交代小菁把剩下的火锅收拾出去，不要留味，接着便回房间锁上门睡觉了，旅途的劳累让她很快进入了梦乡。

第二天早上，雨萌被房门转动的声音吵醒了，因为上了锁，所以门并没有打开。她以为是小菁，起身披了个睡袍便把门打开了，结果发现一个男生的背影慌乱地打开自己家的大门出去了，那是阿瑞。

雨萌走过去把大门锁上，接着走上了楼，推开小菁房门的时候，里面一股酒味，小菁还躺在床上沉睡着，雨萌秒懂发生了什么，接着把门关上走下了楼。

当小菁睡眼惺忪地揉着还有些痛的头走下楼梯的时候，她发现雨萌坐在沙发上招呼她过去，桌上摆着一些稀饭、油条和小菜。

小菁有些做贼心虚地叫了声萌姐，走到她身边坐下了。

雨萌将一碗稀饭推到她面前："趁热吃吧，昨晚喝了那么多酒。"

小菁："萌姐，对不起，我昨晚一高兴就喝多了。"

雨萌："没事，谁都有年轻的时候。"

小菁："那我破了你的约法三章，你不会把我扫地出门吧？"

雨萌笑了："傻姑娘，你都把我当姐了，我还能那么刻薄吗？不过以姐看来，你不要在阿瑞身上花太多心思。"

小菁的声音有些大了起来："姐，我和阿瑞已经接触好一段时间了，他说他是真心喜欢我，想跟我在一起的，要不我也不可能留他在家的。"

雨萌："好的，你们自己处着就好。不过最好以后别再带回家了，我自己一个女生，也不方便。"

小菁低下头扒了口稀饭，碎碎念道："他说他爸妈在家，不方便去他那儿。"

有段时间，雨萌发现小菁的状态不太对，似乎整个人都提不起什么精神，白天起来也顶着个大大的黑眼圈，问她原因，原来是她的工作不太顺利，似乎这次裁员的时候要轮到她了。

雨萌先是安慰了她一下，接着搂着她的肩膀说：“不怕，要是不行来我这儿上班，不用加班不用出门，在家就能把客服的事情给做了。”

小菁开心地亲了雨萌一下，心情也雨过天晴了。

过了几天，雨萌便出门去拍新款了，这次去的是马尔代夫，想着边工作边给自己放个假。

一个月后回到家的时候，刚开门，雨萌就惊呆了。

客厅里一片凌乱，家里一股很重的烟酒味，上楼一看，不得了，小菁的房间乱到不行，小菁躺在床上，旁边还有一瓶没喝完的红酒。

雨萌皱着眉头摇醒了她，她睁开眼看到雨萌就哭了：“萌姐，阿瑞不要我了，工作也没有了，我真的好没用啊。”

雨萌将她那不知道几天没洗的头挽到了自己怀里，任其将自己价格不菲的名牌外套哭得皱皱巴巴、满是泪水，等她稍微缓和一点了，轻声对她说：“姐一直在呢，姐不会不要你，你先去洗个澡，我在楼下等你，好吗？”

小菁低垂着头来到了雨萌身边，没有吹过的头发还在滴着水。

雨萌用手搂住她的肩膀，轻声地说："既然你当我是姐，那么姐跟你说几个症状，你要老老实实地告诉我有或者没有好吗？"

看到小菁点了头，雨萌便轻声说了起来："1. 对社会活动和人际交往没有兴趣。2. 身体突然明显地消瘦或增重。3. 有严重的睡眠障碍。4. 经常心烦，耐性变得很差。5. 思维、说话、行动等各方面变得很迟缓。6. 一天什么都没干，却疲惫到不行。7. 觉得自己活着没有价值，事事缺乏自信。8. 注意力不能集中，对什么事都心不在焉。9. 很想伤害自己，有自残自伤的行为。这九点你有持续两周以上的吗？"

小菁仔细想了想："有五六条吧，持续两周以上的。"

雨萌拍了拍她的头："上楼去穿个衣服把头发吹一下，我带你去医院。"

小菁慌了："不要啊姐，别人会把我当成精神病的，要是传出去，我还怎么活啊？"

雨萌的声音依旧很轻柔："乖，有病就要去看，讳疾忌医只会造成更悲惨的后果，这不是还有我陪着你吗？"

到了医院之后，心理医生给小菁做了全面的检查，最后告诉她，只是突如其来的变故导致了小菁有抑郁倾向，还达不到抑郁症的程度，但一定要多出去运动，多多地去接触人群，特别是在身边的雨萌一定要多给她陪伴和鼓励。

雨萌谢过医生，便带着小菁走出了医院。她临时组了个局，叫了两三个好友一起去唱歌。

这是一个健康局，没有酒精的介入，不过雨萌的朋友要么唱歌像歌手，要么幽默得像说相声的，很快小菁便被大家的热情所带动，笑容也多了起来。

快到十二点的时候，雨萌就将局结束了，谢过来陪她俩的朋友后，她便牵着小菁的手往家走去。

坐在家里的沙发上，小菁靠在雨萌身上："谢谢姐。前几天我跟家人和最好的闺密说我这病的时候，她们的反应都是我太矫情，要不就说我没事找事，就算有安慰我的都是说坚强一点，这个世界上好多人比我还惨，但那样，真的不是安慰，反而让我觉得更沮丧，仿佛自己做了什么大逆不道的错事。"

雨萌："你没有错，你只是病了。"

小菁抬起头看着雨萌的眼睛："但萌姐你是怎么知道这病的，还知道得那么详细，甚至知道该怎么去应对？"

雨萌拍了拍她的头，笑着挽起了一直穿着的长袖，上面居然有好几条触目惊心的割痕：“因为我也得过。”雨萌迎着小菁满是惊讶的眼神，说出了自己的故事。

雨萌从小就品学兼优，一直是爸妈的掌中宝。

九岁那年，家里发生了变故，一场意外带走了雨萌最爱的爸爸，从此之后，她的生活变了天，每天活在自己阴郁的世界里，出不去，也不愿意让人进来。

除了妈妈，身边的亲人朋友和同学们都表示深深的不理解，一个年龄那么小的小女孩，能有什么烦恼和哀伤？不就是不高兴吗？不用理她，一会儿就好了。

当妈妈找到一个新男朋友让雨萌叫爸爸时，雨萌爆发了，她冲到房间拿起刀片，狠狠地在自己手上划了几道，当痛感传到大脑的时候，她没有哭反而笑了，一点都不觉得痛，反而有一种解脱的快感。

妈妈带着雨萌匆匆地来到了医院，包扎完之后又见了心理医生，诊断的结果是她得了严重的抑郁症。

说到这里，雨萌停下来摸着小菁的头说：“人在面对自己崩溃的情绪时如果找不到合适的解决途径往往会采用自残的方法以获得心理上的安慰，这是一种逃避，也是一种自我麻醉，这种疼痛感会让人上瘾，因为它会给人带来一种解脱的假象。”

小菁轻轻地抚摸着她手上的伤痕，小心翼翼地问：“那你最后是怎么治好的？”

雨萌眼神里充满了温柔：“是因为，妈妈的眼泪。”

在得到医生的提示后，妈妈对雨萌照顾得无微不至，经常陪着雨萌去运动，并且上网找了好多关于抑郁症的资料，和雨萌一起学习，并且时常鼓励她，让她知道这个世界上会一直有人爱着她。

即使接受了治疗并且用药物控制，雨萌的病也并没有完全好，她不想妈妈因为她难过，所以尽量地克制着自己，但发病的时候实在是自己没法控制的，脑袋里老有个声音告诉她，要往窗户外面跳。

没有得过抑郁症的人是真的没有办法理解那种感觉的，甚至没有文字可以准确地诠释那是一种什么样的煎熬。

有一天，雨萌在学校被同学骂“怪物”，她没有反应，瞪了那个人一眼便走了。

回到家之后，她的脑海里反复重复着那人骂她时的嘴脸，渐渐地就犯病了，她甩开房间里的椅子，扫光桌面上的所有东西，接着就往开着的窗口走过去。

觅声而来的妈妈赶紧跑过去把她从窗台上拉了下来，一边拉一边哭了。犯着病的雨萌一回头，就看见了妈妈满是泪水的脸，神奇的是，在那一刹那，她的病痊愈了。

小菁还是抱着雨萌的姿势："爱的力量，真的很伟大。"

雨萌："是啊，要不是我妈，无论我们怎样都不可能遇到。虽然那么多年过去了，她还是担心我一个人会犯病，所以才会登广告找室友呀。"

小菁："这个世界真的好神奇，也有好多奇迹等待着我们去探索，活着真好。"

雨萌："只要活着，生活里就没有过不去的坎儿。我送你一句我最喜欢的话，来自同样经历荷西溺亡后生无可恋的三毛：就这样我一年又一年地活了下来，只为了再生时蝴蝶的颜色。"

中国人大多含蓄，就算知道自己病了也喜欢藏在心里，很多得了抑郁症的人因为怕周围异样的眼光，怕别人冷嘲热讽，怕亲戚朋友说自己矫揉造作，所以往往宁愿自己一个人去面对病痛的压力，也不愿和别人提起。

其实一切悲剧都是有预兆的，很多轻生的人自杀前都会或多或少地跟自己的朋友提起自己的孤独与寂寞，但很多人都只会认为他们只是想得太多了，根本没有送去自己应有的陪伴与关爱，最终促使他们走上了一条不归路。

如果你不幸患病，千万不要恐慌，除了寻求外界的支持，你也可以试着自己跳出意念。当你陷入负面情绪无法自拔时，记得一定要通过自我辩解让自己清醒过来，要尝试着摆脱大脑对你错误的控制。

我知道那很难，但请一定试试。

3. 爱是理解与陪伴

你凝视着深渊，深渊也在凝视着你。

——尼采

每一个抑郁症患者，都像活在一座孤岛上，他们主观地与世隔绝，害怕与外界的人或事接触，但其实在内心里，他们是多么渴望被倾听、被关心、被爱所包围。

每一个孤独自闭的人，都需要用爱去温暖他。

如果你身边有抑郁症患者，请你们不要急着去责备，不要嘲笑他们是怪胎，他们真的，只是生病了。

希望大家都能善待自己，也能善待身边的每一个人。

| Part4 |

有些事，只有留在回忆里才弥显珍贵

请慢一点忘记我

这个世界上每个人都好忙，学生们忙着读书，医生们忙着治病，大人们忙着生活，孩子们忙着长大。

大家都在各自忙着自己的事，很少有时间停下来去看看世界，去关注一下身外之物，去关心一下身边的人。

到真的有时间停下来的时候，往往会发现时间已经不多了。

1

“对不起，李总，专家会诊之后，确定您只有不到一周的时间了。”站在我面前的张医师低着头呢喃着，像是作业未交忐忑地等待老师批评的小学生。

我拉开急得要打医生的司机小陈，看到他快要痛哭的表情，心下一暖，拍了拍他的肩膀，让他先回去。

“李哥，我不走，我要陪着您。”说着说着，他的眼泪情不自禁地流了下来。

我点燃一支烟，深吸了一口，当感受到尼古丁在肺部环绕带来一丝舒适感后，对小陈说：“乖，回去吧，先别跟你嫂子说这事，我自己出去走走。”

“那个，李总，最近最好少抽烟喝酒，您这……”张医生秉着职业准则说出这句话后，突然想到我这还剩下不到几天的生命，后半句就再也说不出来了。

我微笑地继续抽着烟，其实有时候烟和酒这些身外之物比人要靠谱多了，它们消耗自己给人带来快乐，虽然伤身体，但却能在一定时间内满足人的精神需求。我不提倡人们抽烟喝酒，但自己却绝不排斥它们。

“你们什么狗屁医院！连个病都治不好，每年给你们捐那么多钱是干吗用的啊？”

小陈的声音把我从思绪中拉了回来，这个小伙子，是真的把我当亲哥哥了，也明白知恩图报这个词的真正含义，这让我感到一丝欣慰，也把我带回了那个刚见他的夜晚。

那是三年前的一个夜晚，我在应酬完回家的路上，车开过一个烧烤摊的时候，看到一个小伙子用身子护住一个姑娘，身边四五个社会青年拿着小板凳、烧烤盘子围着他一顿打。也许是喝了酒的关系，或许是在小伙子坚定的脸上看到了自己当年的影子，很久不管闲事的我叫司机停了车，冲过去刚想喝止，一条烤鱼飞到了我脸上，于是一场多年未打的架如期而至，我这当过兵的身板即使在酒缸中浸泡多年依旧硬实，很快几个社会青年就被打倒在地上，当然我只出了两拳，还没来得及上脚就被从车上跟下来的三个保镖给护到了一边。

我打了个电话给这片区的派出所所长，让他赶紧派人来处理这个烂摊子，接着让老板整出了个还能用的桌子，开上两瓶啤酒，叫小伙子跟姑娘一起坐下，开始了好多年没有过的路边摊吃串、喝酒、吹牛。

小伙子叫陈亮，农村出来的孩子，一问居然在我公司底下的一个厂房当巡夜保安，晚上下班之后路过烧烤摊看到几个流氓借着酒意调戏那个姑娘，于是上演了一场英雄救美的戏码，因为错估了敌我形势，美没救成，差点把自己搭进去了。

小伙子很憨厚，长得虎头虎脑的："哥，谢谢您救了我，我这要不是为了保护这姑娘，一个人打他们五个都没有任何问题。"

见过会吹牛的，没见过事实摆在眼前还坚持吹牛的。

喝了两瓶酒聊了几句之后，我见和他也算投缘，他又在农村信用社里开过三年车，就顺水推舟让他过来给我当个司机，男人之间见面即是缘分，何况还一起打过架。那姑娘从头到尾没有说过一句话，两年后跟小陈结了婚，我是证婚人。

两三年后，有次土地招标完从一个镇政府走出来的时候，当地的房地产商人因为败标恼羞成怒，叫了一帮地痞流氓拿着棍棒叫嚣着让我走不出那个镇，那个时候才真正见识到了小陈吹过的牛，真是一个打四五个，闲暇之余还用右手帮我挡了一棍子，末了还笑嘻嘻地说："哥，您对我的恩情我就算拿命去换都行，这是我爸从小教育我的，受人滴水之恩，当涌泉相报。"

在这个恩将仇报盛行、道德伦理已经无限薄弱的现实社会里，有着这种精神的人已经少之又少，我欣慰，我感慨，也体会到了好人有好报这句话的含义。

2

我打了个电话回家，告诉老婆，我要出个差，五天后的晚上回来，全家一起吃饭。算算时间，那也应该差不多是最后的晚餐了。其实我很想他们，但我需要一些时间来消化和做完一些事情。

出了医院之后，我叫还在门口等着我的小陈和一众保镖全部先回家，命都快没了，谁还在乎什么概率很小的安全事件？

我打了个车回到了“幸义之城”，这是我在这个城市建的其中一个地产综合体。像在每个地产项目中一样，这里也有一间只为我私留的房间。崔哥曾经为此取笑过我，说是狡兔三窟，为了养小三。而我自己知道我是想时不时体验一下不同社区的幸福感是否达到了预期。

今晚我没有喝美式咖啡，工作什么的，似乎在这一刻已经不是那么重要了，改改我长年累月晚睡早起的习惯，也算变相对我这被自己糟蹋了半辈子的身体做出个小小的补偿。拿出手机，在记事本上写下了最近这几天的一些计划，我便早早地上了床。说来也奇怪，这一夜反而睡得特别安稳。

当清晨的第一缕阳光顺着窗沿洒进房间的时候，我就睁开了眼睛，简单洗漱之后，便换上运动服来到了小区楼下。

在绿化带漫步的路上，沿路的一些保安都会站直敬礼，一些搀扶着老人家路过的年轻人也会亲切地打招呼，从老人家洋溢着笑容的脸上，可以感受到他们的小幸福。我跟他们打着招呼，对他们流露出来的钦佩眼神也微笑回礼，只要能确定我做过的事情是有意义的，那就不负此生了。

我走到小区绿化带的中间地带，那里有一个三面环水的小亭子，在无人的清晨显得有些静逸，我正好需要一个安静的空间去打几个电话。

打开通讯录的第一个星标也是唯一的星标，我按下了拨号键，我不怕他还没有睡醒，因为此刻他正在欧洲享受他的人生。

“老弟，中国那么早你就醒了，不会又有什么头痛的大项目吧，哈哈。”电话里传来一个爽朗的笑声。

“崔哥，那个……嗯，欧洲的天气还好吗？”有很多的话在心头，最终却只说出了这句。面对这个像我再生父母的哥哥，有太多的感恩，但我知道我们都是同一类人，即使很多话我不说，他也懂，说出来，反而会显得生分。

电话那头沉默了一会儿，崔哥有些郑重地问道：“这次出了什么大事？这根本不是平时那个你。”

我调整了一下心情，说道：“哥，你放心，我就是想你了，你要照顾好自己，有时间多来我家看看你那对双胞胎侄儿侄女。”

“哈哈哈，你这么一说，我还真的有点想他们了，等我回国就过去。记得，小李子，这个世界上幸福的方式并不只有荣华富贵，只要活着就有希望，除却生死，都是小事。”

我挂了电话，心里咀嚼着那句“除却生死，都是小事”，死期将近，我怎么感觉生与死其实也是件小事了，每个人活着来到这个世界上都终将会死，来过这个世界留下点痕迹，已经是对自己最好的交代了，活得问心无愧、家庭幸福，已经是上天最大的恩赐了。默默地对着电话那头的崔哥说了声谢谢与保重，这辈子还不了的恩情，留待来世有缘再报了，接着我拨通了另一个号码。

“李总，您今天还真早，是地铁线的法律问题还在烦恼着您吗？”张律师带着睡意的声音从电话里传出来，明显是刚被我的电话吵醒，却立刻显示出了他的职业素养，这也是我在众多的优秀律师中认定他的原因，最重要的是他的忠诚与正义感，我可以放心地把秘密交给他。

“接下来我要说的话十分重要，你要一件件记在脑子里，并且在适当的时候将它们公之于世。”

“好的，李总，给我一分钟，我现在起来到我的电脑前。”张律师郑重地说。

“我接下来说的任何事情你都不要慌张，也不要问为什么，并且除了你和接下来相关的对接人员，我不希望有其他人知道。”虽然相信他，但我还是提醒了一句，“我会在这几天离开公司，在我离开后，公司的运营交给Louis，他本来就是副总裁，了解公司的一切运作。股东会那边如果有人有异议，就给他看我留给你的文件，要是那样还压不住，你就联系崔哥，他能治他们。公司的其他项目都照旧，每个项目都有相应的负责人，但上次镇里那块我们拿下来的地，我们交由信达公司去操作。”

“李总，是上次您出事的那块地吗？”张律师讶异道。

我的眼前又浮现出了陈亮那风骚的以手挡棍：“是的，就是那个公司，上次的事情调查清楚了，是底下的副总搞的鬼，他们的老总还算是个人物，而且心不坏，咱们以德报怨的前提是他们具备了建造好项目的能力。合同条款由你去和他们对接，遵照我们公司一贯的风格就行，唯一必须加进去的就是敬老院与孤儿院必须配套在城中村内，楼盘销售方面额外的损失由我们公司承担。接下来，五天之后，你可以将我的个人资产除了现在所拥有的不动产之外全部捐给中国红十字会，对，不留任何流动资产，不动产转到我妻子和两个孩子名下。”我不是没想过这样会对他们产生什么影响，但我老婆本身就不是一个在乎物质的人，而两个孩子，如果他们连白手起家的能力和追求成功的渴求都没有，那也不配做我的孩子。关于那个镇建筑公司，不从一件事情上全盘否认本来就是我一贯的做法，而且对于我的特殊要求，并没有很多的商人从心底认同并且能做好的。

“李总，您……这像是在立遗嘱吗？”张律师的声音有些小心翼翼的颤抖。

“就算是吧，你把刚才那些都整理好打印出来，下午来我的办公室给我签字。”

“好的，李总，虽然我不知道发生了什么，但你做了那么多善事，好人一定有好报的。”

好人有好报吗？我不知道，但此刻的我并不认为死亡就不是好报，在特定的时间里做特别的事，因果循环，每个人都有他该去的地方，一切都只是时间问题，生命没有不可承受之重，活在当下是唯一的出路。

3

时近黄昏，我照往常一样将所有员工赶出公司。工作时好好工作，下班了就应该享受自己和家人朋友的美好时光。工作是做不完的，钱也是赚不完的，但家人朋友只有这一辈子去相处去爱护了。

拒绝了小亮送我回家的请求，自己散着步来到了离公司不远处的“王记面馆”，果然看到老班长像往常一样在店里打点着。

面馆门口排着长队，下班的，放学的，路过的，将不大的小店挤得满满当当，门口排队的人也显得十分有秩序，没有其他店的嘈杂与凌乱。

老连长看到我来了，充满皱纹的脸上露出了灿烂的笑容：“炊事员小李来了，里面坐着等我，啤酒管够。”

“遵命，老班长。”我敬了个标准的军礼。老班长站直回了个礼，接着我俩在彼此的笑声中走进了店里，老班长打了个招呼就去招待客人了，我拿了张椅子坐在了“收银台”旁边。之所以加引号，是因为这根本不是一个正经的收银台，甚至连收银员都没有。收银台上除了支付宝与微信的支付二维码之外，还有两个盒子，一个里面放着五块十块的零钱，上面有个牌子写着“微码自扫，零钱自找，没钱偷跑，不用害臊”。还有一个盒子里放满了一元钱硬币，上面也有个牌子，写着“需要零钱自取，每人最多拿两元”。两元钱，正好是市里统一的公交车价格。

收银台的玻璃下压着老班长珍藏的照片，其中有一张黑白的老照片，照片上站着九个身着军装的青涩少年，老班长站在中间的位置微笑地看着相机，我的目光停留在最旁边的那个身影身上半晌，他正搭着旁边战友的肩，笑得天真无邪。

我小时候因为一些事情被爸爸送进了军队，分配在了老班长那个班，因为我年纪小，加上又会做些好吃的饭菜，全班的人都很照顾我，并且亲切地喊我炊事员小李。除了我算是小镇青年之外，老班长和剩下的战友都是农村里出来的，和平年代，比较少的城市人还有保家卫国的热血，而农村里的孩子有的时候还能靠着军队混上个好职业，虽然不争却是事实。

临近午夜，老班长终于送走了店里最后一个客人，叫出一直在管后厨的老伴，抬出一箱冰啤酒和花生、毛豆，拉着我坐到了临街的小方桌边。

在皎洁的月光下，三人你一杯我一杯地边喝边聊天。也许喝多了爱回忆是人类的通病，在一杯冰啤酒下肚之后，我说："老班长，不管过去多久了，我还是要谢谢你当年那件事，要不是你，我不可能顺利退伍，也不可能有今天的我。"

"小李子呀，那么多年前的事就没必要放在心上了，因果循环，为人只要记得善良，好人总会有好报的，你看，当年我的那些看起来的损失，放到现在来看不都是一场烟云吗？如果没有之前的因，也不会有你师母中彩票的果不是？人活着已经不容易了，为何还不开心地活？钱财什么的生不带来死不带走，千万不要因为身外之物而放弃了人生最单纯的幸福。"老班长意味深长地说道，旁边的师母也对着我露出了一个你知我知的微笑。我看着收银台上的那两个装有纸币和硬币的盒子，深以为然。

感觉到再喝下去我可能连几天都撑不住之后，我身体站直、双脚立正、五指并拢举到眉间，给老班长敬了一个最标准也可能是最后一个军礼之后，告别了他们，独自走上了回家的路。

月光将路灯的影子拉得很长，也将我拉回了那个在部队时的夜晚。

那天老班长在晚餐前叫我去厨房帮忙。白天的时候，附近的老乡送来了面粉、鸡蛋，大家都想吃我做的鸡蛋烙饼，那是从小妈妈教给我的绝活，自从上次做过一次给他们吃之后，他们常常提起那难忘的味道。

当大家完成了晚操回到餐厅的时候，好几大盆热腾腾的鸡蛋烙饼配着一些小菜已经摆在了桌子上，老班长大声地说："大家要感谢小李子，因为他才有了今天这丰盛的改善美食，不过烙饼是淀粉类食物，千万别把自己吃撑了影响明天的操练。开动吧。"

部队里平时不让喝酒，我特地为大家准备了番茄蛋汤，大家开心地吃得不亦乐乎。

在大家咂巴着嘴大快朵颐之际，我突然冒出个想法，没过脑子就说了出来："兄弟们，今天这饼做多了，要是过夜，明天干了硬了也不好吃了，要不我们来比赛谁吃得多吧，吃得最多的那个人可以由其他人帮他打扫一星期的卫生如何？"我是藏着私心的，因为我从小就是大胃王，我认识的人里就数我最能吃，妥妥地拿了冠军少打扫一星期卫生多好呀。

老班长皱了皱眉，却也不想扫了我们的兴，都是年轻小伙子，平时在部队里真的没有太多的娱乐项目，既然不违规，就让我们玩去吧。随后他站起身，对大家说他吃饱了去散散步，大家悠着点，别吃撑了。说完便走了。

严肃的老班长一走，大家都放开天性炸开了锅，大家围在大圆桌前你一块我一块地吃了起来。为了那一星期的卫生，谁也不肯认输。

一会儿过后，只剩下我和王林还在继续，其他人都打着饱嗝儿摸着肚子主动认输了。本以为手到擒来的第一名，却没想到还有个大胃王王林在跟我死扛着。

两个年轻人都是不服输的个性，虽然速度放缓了，却还是在坚持咬着已经食不知味的烙饼，就感觉一大堆面粉在顽强地进入食道，接着与胃黏液发生亲密接触。

终于，王林举手认输了，说自己吃撑了，只想吐，一伸手就拿起了桌子上早已凉了的一大碗蛋花汤，我还来不及阻止，他已经喝了个底朝天。谁都知道淀粉遇水会膨胀，却没想到情急之下的王林会忘记这个常识，他的胃里早已满满当当地装满了由面粉制成的鸡蛋饼，当他开始捂着肚子口吐白沫的时候，周围的人才知道要出事了，赶忙找来老班长，并且打了急救电话。

那张照片成了我们整个班对王林最后的回忆，老班长把所有的责任都担在自己身上，临行前拍着哭到没有人形的我，告诉我，每个人年轻的时候都会犯错，无心之过值得被原谅，却只字未提自己还有几个月就能转正并且回到地方进到一个好的政府机关这件事。

我退伍的第一件事，就是开始寻找老班长。茫茫人海，想找一个人却又谈何容易，直到几年之后，事业小成的时候，才在公司楼下的面店遇到了在门口抽着烟的他，原来他为了养活老婆孩子早已经来到了这里，并且在面店的厨房里打着杂工，微薄的工资仅仅能勉强度日。

我在悄悄见过师母之后，安排了一出中彩票碰巧面馆老板又要回老家转让面店的戏码，终于帮助他们一家过上了稍微富裕一点的生活。没想到的是勤劳的老班长把面店打理得比以前更好，也用他的善良感动影响着这一带上班上学的年轻人，让我感到与有荣焉，更不后悔当初报恩的决定了。

快走到下个路口时，我又回头看了看依旧亮着灯的面馆，心里想着老班长提起过的因果循环，种善因得善果，反之亦然。人生在世，做事一定要对得起自己的良心，那么即使社会再聒噪、人生再困难，也可以在晚上揣着良心睡个安稳觉。

4

第二天一早，我只身一人坐上了回老家的动车，有些人，有些事，还是要郑重地告个别。

火车缓缓地驶进了这个安静的小镇，看着熟悉的站台，许多往事涌上心头，真是人之将死，其思也多。思索之间，居然听到有人喊我的名字，回头一看，好几个初中时候的同学正开心地向我走来，其中那个叫郑国栋的还邀功般地喊着：“看吧看吧，我就说是小李，你们还不信。”

一问才知道，原来他们正巧在车站接初中时候的数学老师，今天是他们筹备已久的校庆同学会，看我正巧下了火车也就顺带着不让我走了，怎么都要带着我一起去。我笑着答应了，想起了两周前在公司时秘书跟我提过一嘴这件事，但那个时候压根儿就没把它放在心上。

这趟回家，主要是见父母，但事先也没跟他们说，所以也就顺其自然吧，赶得早不如赶得巧。

来到了镇中心的一个酒店，早在包厢里等着的同学们纷纷站起来迎接，也有几个同学认出了我，热情地寒暄了几句。我默默地找了一个位置坐下，看着这些许久未见的同学，心里很是有些欢喜，没想到在这个时刻还能见到他们，虽然不在计划内却还是给剩下的时间增添了些许色彩，老天这时候也算是遂了些人意。

过了一小会儿，众人突然喧哗起来，郑国栋那大嗓门又喊开了："我们的徐总终于来了，大家快快鼓掌欢迎，要不是徐总慷慨解囊，咱这同学会也没有办法在这么高档的酒店举办呀。"

抬头一看，我却愣住了。以前在班上总是跟我不太对付的徐鑫大笑着走了进来，已经明显发福的肚子随着他的笑声上下抖动着，但让我惊奇的却是他旁边的那个女人，端庄地微笑着，不卑不亢中带着温柔与从容，她叫林晓夏，是我的初恋。

当她视线往这里瞟过来的时候，我本能地低下了头，一想不对，明明是她对不起我，为何我要逃避？再抬头时，却发现她的目光一直在我这儿不曾离开，眼神里带着些不明的情绪，惊喜、不安、不解、忐忑，我居然在那双美丽的眼睛里读出了这许多的情绪。当两人倔强地对视了数秒之后，她不顾旁边诧异的徐鑫和同学们，居然径直向我走了过来，并在我身边的椅子上坐下："你回来了。"

"嗯，我回来了。"

徐鑫对着大家说："只差一个老校长还在路上，他交代大家先吃，不需要等他，老同学吃起来喝起来哈，今晚不用给我省钱，开心最重要。"接着他大大咧咧地坐在了小夏旁边，阴阳怪气地说道："哟，这不是当年初中没读完就辍学参军的李炊事员吗？你在部队里的那点事早在家乡传遍了，只是不知道后来去哪里高就了呀。"

我笑了笑，没有说话，想起自从退伍之后就完全断了与家乡这些人的联系，其实主要是因为坐在我旁边的小夏，在我当兵的这段日子里，她发生了电视里常演的兵变，出轨对象就是旁边的徐鑫。

趁着别人来敬徐鑫酒的当口，我和小夏碰了一杯红酒，低声问她："你和他过得还幸福吗？"

"什么？谁？"小夏诧异地问道，之后好像想起了什么，也低声地说，"你在部队里时，你爸妈怕因为我的关系你不安心，老想回来，于是只能合起来骗你，我和他在一起了。知道你讨厌他，以你的个性，发生这种事，你是怎么也不会再回来了。"

那一刹那，我诧异的表情像六月天里见到漫天飘雪，还没回过神来，耳边又响起了那个讨厌的声音："李老板现在在哪里高就呀？要是没有工作，正好我厂里还缺个保安，都是老同学，我可以照顾一下你的。"

那一刻我有点灵魂穿越，这不是之前很多微信群里转发多少次才能看到扮猪吃老虎类的狗血剧情吗？当然我身边没有豪车，没有保镖，而我却也不屑去证明什么，只是微笑地答应了有时间就去面试。层次不同，无须强融。

酒过三巡，老校长如期而至，来到包厢之后，来不及接受众人的问候，居然直接朝我走了过来，惊喜地说道："小李呀，不对，现在应该叫李总了，我代表全镇的学龄儿童和孤寡老人感谢你，你……"听到这里，我赶紧打断了老校长的话："老校长，您快坐下，好久不见，大家肯定有好多的思念想向您表达。"说着给小夏使了个眼色，两人一起起身道了声"失陪"便走出门外。

我可以想象老校长一定要添油加醋说我这些年给学校的捐款，对家乡的贡献，要说"幸义之城"的伟大，我从来不是一个做事喜欢邀功的人，也不是一个喜欢当面打人脸的人，当然我也可以想象徐鑫听到那些时胖脸上的失态与尴尬。

5

微醺地与小夏走在江边的小道上，我突然发现当年对她的误解有多深，但也很感谢她当年精心设置的骗局，要不我可能还只是这个安静小镇里瞎混着的三无中年。

“你结婚了吗？”我们两个人居然同时问出了这个问题，对于这种许多年前就培养出来的默契，我们相视一笑，终于缓解了刚才的莫名尴尬。

小夏看了看我，接着把目光转向了水边：“没呢，这么多年也没遇到个合适的，倒是徐鑫之前一直在追求我，他结了婚又离了，带着上小学的孩子回来继续说喜欢我，要和我在一起。”

“哈哈，他倒是个专一的人，当然这个专一是带引号的。”我听到这个奇葩的故事，不禁有些莞尔，“我结婚啦，还生了一对双胞胎，自己经营着一个小公司，不算大富大贵，倒也是过得平淡幸福。”说完我感觉到小夏明显愣了一下，接着马上露出一个很有些欲盖弥彰的尴尬笑容。

我们就这么有一搭没一搭地聊着这些年发生的趣事，不知不觉间走到了江边的一个小酒吧，门口一个牌匾上写着：弥夏手风琴吧。小夏说：“进去坐坐吧，也不知道是谁开的这个酒吧，手风琴这种过时的东西，现在哪还会有人去玩去听？不过因为有我名字里的夏，我倒是时常来这儿坐坐，吹吹风看看水景，还挺舒服的。”

我俩选了个靠水边的位置坐下，其实也用不着选，反正靠在水边的那排位置一个顾客也没有，可见这酒吧的生意有多惨淡。

“两位贵客，你们，咦，这不是李子和小夏吗？”一个惊喜的声音从旁边传了过来，一个穿着西服端着盘子的人走了过来。

我有些诧异地看了看那个人，心里想着：大哥，我咋得到的消息是您平时从来不来这儿啊？小夏回头一看，笑了起来：“怎么是你呀！阿伟，好久不见你了，你在这儿打工吗？”

阿伟摸了摸头，说道：“没有呀，我是这个酒吧名义上的老板，是有人托我在这里开了这个酒吧，一次性交了数年的房租，赚不赚钱也从来不过问，我平时也从来不过来，今天也是巧了，偶尔来一次居然看到了你们。李子，你有多少年没有回来过啦？快快，今晚我们不醉不归。”

半小时左右，一箱啤酒见了底，三个人都有些醉了，小夏突然提起了一些我不太愿意回想起的往事：“李子，当年你冲动地打了那一场架之后，你身边原来那群狐朋狗友真是大难临头各自飞呀。你在看守所里的时候，我一个个电话打过去，不是关机就是说没时间，说真的，这个世界上你好的时候看不出人性，只有你不好的时候才能看出到底是谁最关心你。只有阿伟，不管自己的安危和可能造成的后果跟我一起为了你东奔西跑的。这杯酒，你必须跟阿伟喝。”

小时候，我身边的朋友真的很多，好的时候可以说是宾客满堂、门客三千，但真正到自己出事的时候，才能看出来到底谁才是真正的朋友，我很感谢那次事故，也感谢时间，筛选过滤出留在我身边的真朋友。

我和阿伟对视一笑，举起了酒杯一饮而尽，做兄弟，很多话在心里不用讲，阿伟却在这个时候傻乎乎地说道：“要不是李哥，哪来的这个酒吧？哪来的现在的我呀？虽然这酒吧不太赚钱，但进来的钱基本都是纯收入呀。”这傻小子，真的是哪壶不开提哪壶。

在小夏愣神的关口，门口进来两个客人，我赶紧将阿伟赶走招待客人去了。小夏认真地看了看我，没有说什么。

当酒吧里响起用手风琴拉的《童年》时，小夏的眼泪再也控制不住地流了下来：“你这个坏蛋，我说怎么会这么巧这里有个酒吧，酒吧里的主题居然还是我最爱的手风琴，而这首《童年》，也是我当年最喜欢拉给你听的曲子。”

回忆是个很有趣的东西，平时它并不经常出现，但却会在不经意间在某个时间某个地点突然跳出来，说声“好久不见”。

我从来不喜欢回忆，我却会用自己的方式去保护着心底自己认为最珍贵且单纯的领地，即使那段回忆曾经伤害过我，我也会选择原谅并且好好地将它保存在一个没有人可以看到的角落里，在某个夜深人静时想起它并且感谢它带给我的成长。

6

第二天一早，我在酒店的床上醒来，揉了揉还在痛着的头，感叹自己这个将死之人还这么无节制地放开喝酒真是自寻死路，片刻之后还是感慨昨晚的那段巧遇，虽然不在我的计划内，却也算是无心地解开了自己心里多年来存在的一些小缺憾。小夏当然不在我身边，昨晚喝完就叫阿伟送她回去了，有些回忆，只有留在回忆里才弥显珍贵。

打车来到了镇上的“幸义之城”，虽然爸妈在镇上也有房子，但他们还是喜欢住在这儿，人到晚年，喜欢热闹，也喜欢孩子，我家那对可爱的双胞胎自然是没有办法常常回来陪着二老的。

进门之后，老妈看到我笑成了一朵花，老爸还是一张扑克脸，道了一句安就去陪家里的小朋友下棋了。我望着二老，心里有太多的话想说，最后却也只是选择了笑着多看了他们几眼，现在这个时候，真的是看一眼少一眼了。

晚上吃饭，老妈关心地问我身体怎么样，能陪爸爸喝点白酒不，我满口答应下来，讲真的，这些天烟酒不断，除了脸色还是不太好之外，似乎也没有太多的不正常反应，我的理解是回光返照，只是这回光返照的时间有点长。

席间，唠叨的老妈问了公司问了家庭问了许多，平时不太耐心的我一个个很仔细地回答着。老爸还是低着头吃饭，偶尔抬起头来跟我碰个杯，紧接着就是一口干了白酒。

一瓶56度的白酒很快见了底，爷儿俩也喝得晕晕乎乎的了，连平时不爱说话的老爸话也多了起来。

我打着酒嗝说："爸妈，真的很谢谢你们的养育之恩，儿子小时候不听话，老惹你们生气，那次因为小夏的打架事件之后我知道老爸托了好多的关系才把我送到军队里，傻的是我当时还不了解你们的苦心，总觉得你们就是想把我这个不乖的儿子给送走。"

"傻孩子，你是我们唯一的孩子，我和你爸哪会舍得你离开家？你爸爸表面上镇定，其实多少个夜里说着梦话都是喊你的名字。"

老爸瞪了一眼老妈，说："你老爸我酒喝多了，有些话我很久之前就想跟你说了，不管之前你犯过什么事，'幸义之城'这个概念，老爸必须不吝表扬，为人在世，善良为第一要素，不能只为自己活着，老爸老妈没有白白养你。"

我开了句玩笑："因为乔布斯说过活着就是为了改变世界。"老爸愣了一下，接道："虽然我不认识这个小乔，但我要谢谢他告诉你这个大道理。儿子，爸爸为你感到骄傲！"

从来没有当面表扬过我的老爸居然破天荒说出这些话，我知道以他的酒量，这点酒还不能让他吐真言，这个倔强了一辈子的老头子，连句表扬都要给自己找个台阶下，不过听到这些话，我有种眼睛湿润的感觉，也想起了几年前因为两个老人而突发奇想的"幸义之城"这个项目。

那个时候，我事业已经有成，在乡下给爸妈盖了一栋大别墅，但每次通电话都还是可以感觉到爸妈的不开心与寂寞，老妈还常抱怨老爸经常出门走几里路去孤儿院里找小朋友们下棋。中国的老龄化问题早已经是个社会问题，除了少数的老人家偶尔出来碰碰瓷之外，大多数都是寂寞的，儿女有了自己的家庭，大家都忙着工作、忙着生活，对老人家的照顾当然就少了许多。

在一次挂了老妈电话之后，我突发奇想，如果把敬老院和孤儿院放在一起，那老人家有人陪，孤儿们也会感受到爱，何乐而不为呢？经过公司的一番通宵开会、头脑风暴，最后决定开始立项"幸义之城"，本来以为要花费一番口舌说服大家的我没想到大家一听到这个建议立刻全票通过，Louis甚至提出了可以用最低的价格将其中一部分房间租给刚来这个城市或者薪水无法维持其他地方高额房租的青年，但合同里必须标注他们每周至少有十小时是陪伴着老人和孤儿们的。

我还记得当这个项目刚宣布的时候，外界一致都在骂傻屌、作秀，但公司里每个人的脸上都洋溢着满足的笑容。有时候帮助别人，比自己得到还要快乐。意想不到的是，陆续有大公司表示愿意无偿地赞助电费、水费等各种费用，甚至某了吗外卖软件也愿意承担所有送到这里的外卖费用。人之初，性本善，这些特殊人群，这个社会，都需要这些无私的关爱，如果每个人都能在有限的范围内贡献自己的善良与爱心，整个中国就会越来越团结，越来越强大。美国有钱有枪炮，我们有爱有信仰。

爸爸的声音把我拉回了现实："儿子，你这次突然回来，一定是遇到什么事情了吧？也许是生活上的，也许是生意上的，但你要记得，爸妈不图你大富大贵，但求你做事对得起自己的良心，即使你遇到再大再难的事，这个家，我这个老头子和你妈，永远张开双手欢迎你，我们永远是你最坚强的后盾。"此刻的爸爸，不再是那个时刻严肃的老干部，不再是那个对孩子十分严厉的男人，只单纯是一个普天之下最常见最普通的父亲，一个为儿子可以回趟家而开心的父亲，一个为儿子能取得出色成绩而骄傲的父亲。

这些天来，不管遇到什么都淡定无比的我，此刻哭得像个孩子。

中国的传宗接代，老祖宗传下来的，很多父母在孩子出生后即使自己再苦再累也不舍得让孩子受到任何伤害，含辛茹苦一辈子，就是为了能给孩子创造一个优越的生活环境。爸妈这一辈子，永远不求儿女对自己有多大回报，只要能够平平安安幸福地过一生就知足了。

现下的社会，太多的啃老族，啃得心安理得，啃得父母伤心落泪，却在需要自己尽孝之时消失得无影无踪。不得不说，这是老人家的悲哀，更是这个社会的悲哀。

每个人都会长大，很多人都会变成爸妈，如果能在关键处换位思考，体会爸妈的苦衷，理解他们的哀伤，增加些对他们的陪伴，老人会感到无比幸福的。千万记得，常回家看看。

7

第二天回到市里别墅的时候，妻子牵着两个孩子正在家里的花园里玩耍着，看到我的时候，两个小家伙开心地跑了过来，“爸爸，爸爸”叫个不停，我一手一个把他俩抱了起来，那种血脉相连的感觉那么真实，妻子也走了过来，给了我一个大大的拥抱，一家人的影子映在夕阳的余晖里，温暖而幸福。

一家人一起看了会儿电视，很快就到了孩子们应该睡觉的点了，俩鬼灵精拿着挤好牙膏的牙刷一定要我跟他们一起刷牙：“爸爸，平时都是妈妈带着我们刷牙，你都好久没有陪我们一起了。”

忙碌的工作占用了太多本应该属于家庭的时间，常人总是看到成功者拥有成功并且享受成功带来的果实，并不知道背后他们付出了多少倍远超常人的辛苦与努力。看似波澜壮阔的生活，只有亲身经历过，才知道常年身处其中的人会有多么疲惫。

一家四口站在洗手间的镜子前，随着特定的节奏一起刷着牙，小儿子还在纠正我的刷牙技术动作，最后大家一起漱口洗脸，这么简单的一件家庭小事，却让我有莫名的感触，这小小的生活仪式感，不就是家庭的意义吗？

我躺在两个小家伙身边，拿出《安徒生童话》，准备给他俩讲最后的睡前故事。

“爸爸，这书妈妈早给我们读完了，你给我们讲其他的故事吧。”

听着儿子幼稚的童音，我轻轻抚摸着他们的额头，想了想说：“那爸爸给你们讲一个《农夫与蛇》的故事吧。在一个寒冷的冬夜里，有个农夫在回家的路上遇见了一条快要冻死的蛇，这个善良的农夫觉得蛇很可怜，于是就将蛇放进了他温暖的怀抱里。当蛇感受到温暖醒过来的时候，它立刻露出了它的本性，用它那有毒的牙齿咬了农夫一口。农夫在死之前说：‘没想到我救了一条可怜的毒蛇，却要得到这种报应。’”

“这条蛇好坏呀，怎么可以咬死救它的人呢？”

“是的。所以你们要记住这个故事，做人一定要分得清楚善与恶。如果有人需要你们的帮助，你们要记得去帮助那些善良的人，而那些恶人，就算你们帮助了他们，他们那邪恶的本性也只会对你们恩将仇报，知道了吗？你们要记住，在这个世界上，除了至亲的家人不会害你们，其他的人，都没有义务要对你们好，所以你们一定要记得保护好妈妈，不可以惹妈妈生气。”

说了一个带有寓意的寓言故事，希望孩子们以后遇到人时也能长个心眼，我不在他们身边了，很多道理要他们自己去体会，有很多亏也会在他们的人生路上等着他们去吃，但做个善良的人，却是我对他们的要求与期盼。

我看着他俩心满意足地睡着，给他们把被子掖好，轻轻地在他们脸上深情一吻，这辈子爸爸没有太多时间陪你们，没有在你们身边好好爱你们，希望来世我们还是父子，希望你们可以保护好妈妈。

走到院子里时，妻子已经坐在院子里的秋千上等着我了，旁边的桌子上摆着一瓶开好的红酒，是我最喜欢的奔富707。“时间刚好，酒刚醒好。”

我笑着问：“看到这酒，我怎么有种肝疼的感觉？”

妻子也笑了：“今天咱俩一瓶，谁都不许多喝，谁也不能吹瓶。”

夏夜里的微风轻轻摇曳着秋千，皎洁的月光倒映在轻晃着的红酒杯上，妻子将头靠在我的肩膀上，我俩品着红酒低声细语着，享受着这难得的属于爱情的美好时光，话题又随着酒精回到了我俩邂逅的时候。

我刚开始当崔哥司机的时候，当时崔哥正在谈一个有些棘手的项目，对方的条件开得极高，僵持不下的时候，双方约好了一个开诚布公的饭局，我怕是鸿门宴，愣头愣脑的，一定要跟着崔哥，他也是对我宠爱有加，居然将我安排坐在了他的旁边，跟大家介绍，这是他弟弟。

包厢里，主座上坐着对方那个大老板，左手边坐着崔哥，右手边的位置还空着。

饭局开始后，大家觥筹交错，一开始气氛还算融洽，但酒过三巡之后，随着正题的展开，氛围逐渐变得有些剑拔弩张。

我帮崔哥挡了许多酒，虽然有些晕乎乎的，但还是打起十二分精神关注着场上的形势，因为我知道，这个老板的发达之路，跟黑道有着撇不清的关系。

在谈到一个实质性问题时，崔哥咬紧了我方所不能触碰的底线，那个老板借着酒劲似乎想给我们一个下马威，当他一拍桌子，身边的小弟站起来时，我也立马跟着站起来挡在了崔哥身边，这时包厢的门却突然被推开了，一个穿着黑色皮衣的女生出现在了门口，一看这架势，说道："老爸，你这又唱的是哪门子戏呢？"

主位上的老板马上换了一个表情："来来来，我给你介绍一下，这个是你崔叔叔。崔总呀，这是我家千金，饭局上老迟到，您别介意呀。”

我借着这个机会，抓起桌上刚刚开好的一瓶红酒，对着门口那个女生说道：“老板正在跟我们提起他的千金有多么优秀，没想到说曹操曹操就到了，第一次见面，承蒙老板这么照顾我们崔总，我借个胆敬一下大小姐和在座的各位。”说完，拿起红酒瓶咕嘟咕嘟地一口气喝了个底朝天。

众人有些目瞪口呆的时候，那个女生的眼睛却是一亮，崔哥赶紧打起了圆场：“我这个弟弟就是有些不懂事，不过是个真性情的汉子，大家不要跟他一般见识。”

一瓶红酒下肚，我早已经不行了，请了个假，赶紧跑出门口。

在门口的草坪上我吐得死去活来，这个时候有张纸巾递了过来，刚才站在门口的女生走到了我身旁：“没想到你还挺能喝呀。”

也不知道是因为我的豪迈，还是因为那个女生对她爸说了什么，反正最后崔哥是把这个艰难的生意给谈成了，不过出来之后训斥我以后不可以在饭局上做那么无理的事情了，骂完我却又拍了拍我的肩，给我放了一星期的“醉酒”假。

那个时候年轻，喝得再多，吐一吐，第二天准没事了，白天起来之后，我正琢磨着这放了假到底能在这个没有朋友的城市里做点啥呢，手机就收到了一条短信：二傻子，今天没事出来玩吧。

一问才知道，原来我昨天喝得有些不省人事的时候，那个千金照顾了我一会儿便从我的口袋里掏出了手机打给了自己，记下了我的号码。

于是，一幕富家千金爱上穷小子的戏码活生生地在我身上上演了，我觉得十分不真实，她却偏偏爱的就是我的真实。

因为我穷，没法带她去四处旅游，但我们会花两块钱，从地铁的第一站坐到最后一站，接着不下车再坐回去，三个小时的车程，我们有说不完的话；因为我不浪漫，不会带她去点着烛光的餐厅，但我们坐在路边的烤串摊上，就着啤酒吃着烤串，还是有数不清的欢声笑语。

面对她的表白，我每次都选择逃避，直到有一次被她逼急了，我对她说："除了陪伴，我什么都给不了你。"她回道："除了你的陪伴，我什么都不想要。"这句话一出，我再也不可能压抑着自己本来就很喜欢她的情绪，紧紧地将她拥入了怀里。

崔哥知道后专门为我组了一个饭局，宴请她老爸来说明我们的关系，本以为她爸怎么也不会同意我这个穷小子，却没想到在问过她的意思之后，她老爸哈哈一笑："酒品看人品，这小子以后必成大器。"

高兴得我又咕嘟咕嘟吹了一瓶红酒，醒来时，美娇娘已伴随在我的身侧，直到如今，我俩依旧恩爱如初，她的陪伴也是我事业上最好的助力，而随着双胞胎儿女的到来，一个美好幸福的家庭一直延续至今。

我看到一瓶红酒已经见了底，吻了吻她，轻轻地说：“我爱你。”

如果说婚姻是一项人生使命，那么拥有爱情便是这项使命的终极目标，失去爱情的婚姻只能算是虚度光阴。很多人说“婚姻是爱情的坟墓”，也正是因为婚后除了奄奄一息的爱情，他们只剩下责任感和伦理心勉为其难地过着大家都不幸福的日子。

永远不要只是为了结婚而亵渎爱情，而是要因为真正爱对方才想着陪她走完一生，将爱情与亲情贯穿在婚姻生活里，才是对幸福的最好诠释。

终

早上六点十五分，我登上了从江西鹰潭开往新疆喀什的k1661/4号列车，这是中国境内运行行程与时长最长的绿皮火车，在72个小时里行驶5166公里，也许这就是我在这个世界上最后的时间了。

人这一生就像一列单向列车，一路向前走，不会也不能回头，在这过程中，珍惜那些带给你温暖的人，原谅那些带给你伤害的事，忘却那些不堪回忆的场景，感恩这个世间美好的一切。

我看着窗外飞逝而过的风景，耳机里放着那首经典的*Remember*

Me，脑海里浮现着家人带给我的爱、朋友带给我的温暖，感恩生命里遇见过的每一个人，想着发生过的奇葩的、感动的、悲伤的、开心的事，竟觉得内心十分平静，甘之若饴地接受了生活带给我的一切，感恩生命带给我的所有过去。

我微笑地闭上了眼，不管周围的吵闹，不看身边的风景，也不知道陈亮此刻正拿着医生的误诊证书焦急地一遍遍打着我已经关了机的电话。

图书在版编目（CIP）数据

请慢一点忘记我 / 余儒海著 . — 北京：文化发展出版社有限公司，2019.5
ISBN 978-7-5142-2631-7

Ⅰ . ①请… Ⅱ . ①余… Ⅲ . ①短篇小说－小说集－中国－当代 Ⅳ . ① I247.7

中国版本图书馆 CIP 数据核字（2019）第 084060 号

请慢一点忘记我

著　　者：余儒海

责任编辑：侯　铮
特约编辑：落　溪
封面设计：末末美书
封面绘图：lost7
出版发行：文化发展出版社有限公司（北京市翠微路 2 号 邮编：100036）
网　　址：www.wenhuafazhan.com
经　　销：各地新华书店
印　　刷：北京美图印务有限公司

开　　本：880mm × 1230mm 1/32
字　　数：196 千字
印　　张：8.5
印　　次：2019 年 7 月第 1 版 2019 年 7 月第 1 次印刷
定　　价：49.80 元
I S B N：978-7-5142-2631-7